しのぶセンセにサヨナラ

再见了，忍老师

〔日〕东野圭吾 著　王雪 译

南海出版公司

新经典文化股份有限公司
www.readinglife.com
出　品

目 录

第一章

忍老师在学习

1

四号击球员挥动球棒，随即听到好像东西破裂的声音，白球飞上了高空。白球比棒球大一圈。中外野手一直倒退着追球，但垒球从他伸出的手臂上方约一米处越过，落在了人群中。

在一片欢呼声中，两名跑垒员安全跑回本垒，击出安打的球员跑上二垒。

“好！这样就能确保胜利了！”西丸仙兵卫盘腿坐在一垒旁边的长椅上，喝着海带茶看向记分牌。

西丸商店和对手松本商会的比分为8:3，刚才那2分让西丸商店领先了5分。[1]

“不错嘛，希望可以把那股气魄用在做生意上。”仙兵卫笑容满面地点了点头，看了一眼对手的队员席。松本商会队因败象明显，陷入了消沉。“松本队在比赛前自信满满，现在终于知道实力差距

---

①在垒球比赛中，进攻方的球员轮流上场击球，力争得分。击球员在击球后要跑向一垒，若成功到达一垒，则本次打击被视为“安打”，此时击球员角色变为跑垒员。接下来，跑垒员要在比赛结束前跑完二垒、三垒，最后回到本垒。完成这一系列动作，其所在队伍得1分。

了，看他们还敢不敢说大话。是不是，富井？”仙兵卫说道。

“就是啊。”坐在旁边、穿着西装的小个子男人附和道。

此时，对手的队员席传来一个陌生的声音。“投手在干什么呢！真让人着急。不要害怕，往本垒内角投啊。那样驼背弯腰、站都站不稳的击球员，怎么可能打到球嘛！”

毫无疑问，这个几乎要震破耳膜的声音来自一个女人。在队员席的应该都是男人。仔细凝视，仙兵卫注意到站在边缘的一名球员。

“嚯，富井，看！松本队那边有个女人。也许他们因为无法在比赛上获胜，打算靠女性魅力扳回一城呢。”

“是啊，”富井也朝对手的队员席看了看，“但是那个女人看起来和魅力没什么缘分啊。”

“不不，魅力也不能一概而论。”仙兵卫拿起手边的望远镜，对准那个女人。特写中，他发现女人有一张圆圆的脸蛋和一双细长的眼睛，是个美女。“长得很漂亮呢。”仙兵卫慢慢地将望远镜向下移。从脖颈到胸部，接着是腰，他全都仔细打量了一番。“她不该穿制服的。”

“啊？”富井问道。

“完全看不到身体的曲线嘛。”

“哦……”

仙兵卫又将望远镜缓缓向上移，发现那个女人也在朝他这边看，好像察觉到有人在对她评头论足。仙兵卫的脸上浮现出笑容。女人拿起手边的纸，用记号笔在上面写着什么。

纸上写着——死老头。

仙兵卫不禁瞪大了眼睛。

就在此时，松本商会队的教练站起身，宣布要替换投手。紧接着，替换上场走向投手板的，正是那个女人。

“嗬，难道要让那个女人投球吗？”

在她出场的同时，一直消沉不已的松本商会队的观众席传来助威声。“终于等到了！”“给他们点颜色瞧瞧！”

仙兵卫有些惊讶，循着声音看了过去，发现坐在观众席大声助威的是几个上小学或中学的孩子，眼睛瞪得更圆了。“那几个孩子是谁？”

“我也不知道。”富井也摸不着头脑，“好像和松本商会没什么关系啊。”

“嗯，无所谓。打女人的球也有点意思。别客气，上吧！”仙兵卫对己方球员喊道。

女投手站在投手板，转动着右臂。“我一开始就会投快速球哦，好好接住了。”她对接手说。

接手举起皮手套回应，但又多次看向己方的队员席，歪了歪头，可以看出似乎是第一次接她的球。

赛场上的骚动就此结束。在热身时，女投手试投了两三个球，两队都陷入了沉默。

她的手臂像风车一样转了一圈，然后以迄今其他投手都无法比拟的气势投出了球。球在空中画出一条线，飞进接手的皮手套里。

“好球！真快！”孩子们又叫嚷起来。女投手朝他们挥动手套，作为回应。

“那女人到底是什么人啊……”仙兵卫嘟囔道。

富井打开松本商会队的球员名单，用手点了点一排名字中最下面的那一个。“找到了。是松本队搬来的救兵，名字是竹内……

竹内忍。”

“忍……”仙兵卫小声自语，“好名字。”

在那之后的几分钟，女投手连续将两名击球员三振出局，然后英姿飒爽地离开了投手板。往回走的路上，她与仙兵卫视线相交。她把手指放到右眼下，朝他做了一个大大的鬼脸。

2

忍将三盒泡面放入购物筐里，刚要离开，撞上了一个人。“对不起。”她条件反射般地道歉，但当她看到对方的脸时，马上后悔了。

还是老样子，寸头，个子稍微长高了一些，额头的正中央还装饰着两颗生机勃勃的青春痘。是忍曾经教过的学生，田中铁平。“总是吃泡面，小心营养不良哦。”田中一副笑嘻嘻的样子，用变声期特有的嗓音说道。

忍把购物筐藏在身后。“这是夜宵。学习时容易饿嘛。”说完，她低头看向田中的脸，“倒是你这个中学生，为什么会在这里？”

“就算是中学生，也会来超市吧？”

“特意乘电车过来的？看来不通知你爸妈是不行了。”

“就是我爸妈让我来的。这是上次垒球比赛的谢礼。”田中递出一个正方形纸包，包装纸上印着忍很喜欢的一家蛋糕店的店名。

“早点说嘛。嗨，干吗这么客气。”忍笑逐颜开，收下了纸包。

上次的比赛，是田中拜托忍去帮忙的。田中的父亲就职于松本商会，无论如何都想要给西丸商店一点颜色瞧瞧，所以忍才去助他们一臂之力。

然而最终比赛还是输了。虽然忍投出好球，并且两次上场都击出了跑回本垒都没能被接杀的全垒打，但之前的比分差距实在太大了。

“如果老师你一开始就出场，肯定就能轻松获胜了。教练真是个笨蛋。”

“可能看我是女人，觉得我不可靠吧。经常有这种事——性别歧视。”

二人一边看着夕阳，一边朝车站走去。忍的公寓就在去车站的路上，那里住宅密集，有很多单行道。

“对了，中学生活怎么样？课程难吗？”

“还行吧。”

“这回答好没底气啊。英语呢？跟得上吗？”

“目前还行吧。This is a pen。I am a boy。”

“稍微 stop 一下。”

他们转过最后一个拐角，来到公寓前，停下了脚步。一个身材矮小、有点驼背、穿着灰色西装的男人正在门口窥探。

“是昨天的那个男人。”忍嘟囔道。

“你认识他吗？”田中小声问道。

“我从大学回来时被他跟踪了。也许是色狼。”

“品味还真是独特啊。”

忍拍了一下田中的脑袋。“好！”她使劲吸了一口气后，把手中的东西交给田中，从超市购物袋里抽出一根白萝卜，慢慢接近那个男人。男人正看向公寓的方向，并没有注意到背后有人。

当距离男人还有一米左右时，忍突然在他背后说道：“你鬼鬼祟祟地在看什么呢？”

“咦！”男人发出一声惊呼，转过身来看到了忍，“啊！”他叫着想要逃跑。

忍抓住男人的衣领，握着白萝卜给了他脑袋狠狠一击。白萝卜断成两截。小个子男人抱着脑袋蹲在了地上。

“别想逃！喂，去趟警察局吧！”

“不是，不是你想的那样。”男人抬起头来，看起来快要哭了。

“什么不是？明明就是个色狼。”

“不是这样的，我是西丸商店的富井。”

“西丸商店？”

“是会长吩咐我来的，他说无论如何都想见见你。”

西丸商店的大楼坐落在谷町四丁目，是一栋面向马路的四层建筑。在公司名字的下方，写着“提供校服、职业装、作业服等定做服务”的字样。

忍和田中从富井驾驶的轻便客货两用汽车上下来。这里是大楼后面的停车场。

“明明有高级进口汽车，为什么让我们坐这种？”田中看到停在停车场的奔驰和沃尔沃，发起了牢骚。

“那是招牌，给顾客看的，让顾客觉得我们公司境况良好，平时几乎不怎么开。能发动的也只有社长专用的那辆奔驰而已，沃尔沃取回来就是辆废车，只是收拾得体面些，但其实连汽油都没加。”

“还真是啊！这辆车的车牌居然是用图画纸做的。”田中绕到沃尔沃前大声说。

“会长的家就在公司后面。”

二人跟在富井身后，来到一栋带有些许料亭[1]风格的日式房子前。虽然是平房，但似乎里面很深。富井用门口的对讲机打过招呼后走了进去。忍和田中跟在他身后。

打开玄关的门，一个四十岁左右、穿着和服的女人走了出来。她的脸胖乎乎的，眼角和眉尾稍稍下垂，嘴巴小小的。她把忍和田中引到了里面的房间。富井没有进来。

忍和田中端坐在屋内，脚却随意地扭动着。他们环视了房间一圈。

田中来到壁龛前，说道："老师，快看！虽然我不知道放在这儿的是什么，但看起来好像挺贵的。"

忍听完也靠近壁龛看了看。壁龛里装饰着看上去颇具威严感的花瓶和刀，挂轴上是用毛笔描绘的复杂曲线。

"确实是呢。有钱人总是喜欢把钱花在莫名其妙的东西上。"

这时，推拉门突然开了。忍和田中慌忙回到坐垫上。出现在他们眼前的，是上次在垒球比赛中见到的那个老人。他个子不高，脸不大，白发整齐地向后梳，看起来相当帅气，身板挺得笔直。

老人一看到忍，高兴地笑起来。"我是西丸仙兵卫。你是竹内忍小姐吗？"得到忍肯定的回复后，他满意地点点头，又看向田中。"还附带赠品啊。"

这句话令田中很不满，他绷起了脸。

仙兵卫露出一口黄牙，哈哈大笑起来。"不要生气嘛。告诉你我很喜欢的三个词吧—— 便宜、免费拿、附带赠品。"

"但是呢，你家装饰用的东西看起来都很贵。"忍将目光转向

---

①料亭为高级日本料理餐厅，以传统日式建筑为主，价格昂贵。

壁龛，说道。

“哦，那个啊。还不错吧？不过不是我买的。刀是演戏用的道具，花瓶是从垃圾场捡回来的，以前也许是个痰盂呢。”

“好恶心。”田中皱眉。

“挂轴也是捡的？”忍问。

“这是我三岁的孙子画着玩的。这样装饰起来，是不是看着还挺有意境的？其实根本不是那么回事。”说完，仙兵卫又大声笑了起来。

“请问，今天找我有什么事吗？”忍问。

仙兵卫恢复了严肃的面孔，重新打量她的脸。“之前的比赛实在是太可惜了。如果你早一点出场的话，西丸队就会输掉比赛。虽然我们是对手，但不得不说，你确实很厉害。”

“当然了。”田中说，“老师以前可是在第四棒的球员[①]。”

“我知道。”仙兵卫点了点头，从怀里取出一张拍纸本的内页，“听说还接到过实业团[②]的邀请，但你最终选择了当一名小学老师。你之前在生野区的大路小学工作，现在暂时离开那里，在兵库县的一所大学学习。毕业后还打算当老师吗？”

“为什么调查我？真不爽。”忍的眉端微微朝上抽动了一下。

“生气的样子也挺好看嘛。好，那我就直截了当地说了。其实我有事想要拜托你——我希望你可以来我的公司上班。”

“哎？”忍和田中同时喊道。

“我们公司需要像你这样的人。拜托了，我会给你开很高的工

---

①在垒球比赛中，每个队都把击球能力最好的球员安排在第四棒。

②由企业出资经营的体育团体，成员通常是企业的正式员工，但由于训练、比赛等因素，在出勤管理上有时与普通员工不同。

资的。”

“为什么要我去你的公司上班呢？”

“说来话长。我已经让人准备晚饭了，我们可以一边喝酒一边慢慢谈。怎么样？”

“不必了，我并没有改行的打算。”忍说完拍了拍田中的后背，站了起来，“田中，我们走吧。”

“请等一下。至少听我把话说完好吗？河豚什锦火锅也已经准备好了。”

“什么？”

河豚什锦火锅——仙兵卫的这句话让忍正打算开门的手停了下来。

“还有河豚生鱼片哦。”仙兵卫看透了她的内心，继续说道。

“老师，不行。”田中拽住忍的袖子，“不能被食物诱惑啊。”

“嗯，我知道。”忍轻轻点头，走到走廊上。

“竹内小姐。”仙兵卫的声音从背后传来。

就在这时，传来一声惨叫。紧接着，有什么东西摔到地面上，发出了沉闷的声响。

3

“刚才那是什么声音？”

两三秒后，忍开口了。她伫立在走廊一动不动。

“好像是从公司那边传来的。”仙兵卫小声嘟囔道。他推开忍和田中，朝玄关走去。二人也跟了上去。

女佣在玄关处，立刻将鞋子在仙兵卫跟前摆好。

“福子，手电筒。”

“好的。”她动作利落地拿来手电筒。

“听到刚才那个奇怪的声音了吗？”

“听到了，好像是从停车场传来的。”

“嗯。”仙兵卫点了点头，走出家门。忍、田中和福子都跟在他身后。

时间还不到晚上八点，这附近不是主要街道，所以街灯还没有开，停车场很暗。仙兵卫打着手电筒进入了停车场。已经是十一月了，今晚没怎么刮风。

“好像什么也没有啊。”仙兵卫小声说道，又对他们说，“竹内小姐，请你们不要随意走动。”

“没关系，差不多已经习惯黑暗了。哎呀！”

“怎么了？”

“我好像踩到了什么奇怪的东西……”忍还没说完，仙兵卫就用手电筒照向她的脚下。“啊！”忍急忙躲开。

“是人！有个人倒在地上！”田中大喊。

倒在地上的，是一个穿着黑色西装的男人。

仙兵卫跑近一看，不禁发出犹如呻吟般的声音。“米冈……”接着，他抬头看向大楼，忍也抬起了头。只见四楼的窗户开着，里面有光亮透出来。

“是不是从那里坠落下来的？”忍说。

“福子，把警卫森田叫过来，再打电话给医院和警察局，也联系一下昭一。”

“好。”福子应了一声后，朝大楼的前门跑去。

仙兵卫蹲在男人身旁，凝视着他，悲痛地说："这是我们的销售部长，看来已经不行了。怎么会发生这种事？"

这时，一个警卫打扮、四方脸的中年男人跑了过来。

"森田，你什么声音也没有听到吗？"

仙兵卫的责问让森田缩了缩身子。他回答道："听是听到了，我以为没什么……关系。"后半句吞吞吐吐。

"你就别辩解了。在救护车赶来之前，你给我瞪大眼睛好好看守。我先上楼去看看情况。"仙兵卫将视线移向忍和田中，"不能再给你们添麻烦了，请先去我家待会儿吧，我会给你们叫辆车。"他说完便快步离开了，那身姿看起来根本不像是老人。

忍和田中一边不时地回头看，一边朝西丸家走去。

"老师，说不定这是一起案件。"田中小声说。

"是啊。"忍简短地回答。

"如果我们就这样回去，这件事就和我们毫无关系了。"

"嗯。"

"也不用卷入莫名其妙的麻烦。"

"当然。也不用接受让人郁闷的讯问。"

然而，二人的说话声越来越小。他们不约而同地停下脚步，看着对方。

"老师——"田中说。

"嗯。"忍点了点头。

二人转过身跑了起来。

"喂，你们要去哪儿啊？不是说了让你们在家里待着吗？"

二人对警卫森田的呼喊充耳不闻，绕到了大楼的前门。进入入口时，福子刚好在警卫室前挂上电话。见到忍和田中，她惊讶地抓住了忍的手臂。

“请等等！老爷说绝对不能让外人进入。”

“我们不是外人吧？我们也被卷入了这件事啊。”

“所以才不想给你们添更多的麻烦。”

趁忍和福子相互拉扯的空当，田中按下了电梯的按钮。电梯降下，门开了。仙兵卫走了出来。

“这种时候，你们在吵什么呢？”

“老爷，竹内小姐说想去看看楼上的情况，怎么也不听我的劝告。”

“这样啊。”仙兵卫看着忍的脸，“嗯，没关系，放开她吧。给我把备用钥匙拿来。办公室的门被锁上了，我进不去。”

“备用钥匙？啊，好。”福子走进警卫室，拿来一串钥匙。

“走吧。”仙兵卫将钥匙放入怀中。忍和田中也跟着进了电梯。

到达四楼后，电梯门开了，一道门出现在他们眼前。仙兵卫取出钥匙串，用老花眼一把一把地找，终于找到了需要的那把。

他们打开门，走了进去。宽敞的办公室里只有三盏日光灯亮着。日光灯正下方的一张桌子没有整理，给人一种还有人在工作的感觉，桌子上摆放着销售部长的小牌子。忍推测他是在加班时从楼上坠落的。

“真先进啊，还用这个。”田中对桌上的电脑饶有兴趣。办公室里安装了几台电脑，几个人合用一台。电脑旁还贴着一张纸，上面写着“节约用纸，资料不要写在纸上，要存在软盘里”。

只有一台电脑开着，应该是米冈之前用的。

“但是，看起来好像没怎么好好用过啊。虽然安装了电子表格软件，但没有使用的迹象。”田中得意扬扬地说道。在游戏机和电脑方面，他算有点权威。

“喂，不要乱摸。”忍提醒田中，然后朝窗户走去。窗户旁立着一个大大的书架。

仙兵卫站在窗户边俯视楼下。“看来米冈做了傻事啊。”他小声嘟囔着，似乎在自言自语。

“傻事？”

“你看看这个。”他指着脚下，那里整齐地摆放着一双黑色皮鞋。

“啊……”忍喊了出来。

“虽然不知道他在烦恼什么，但也不至于寻死啊。”仙兵卫无力地摇了摇头。

几分钟后，救护车赶来了。

“不能再给你们添麻烦了。可不可以请你们今天先乘电车回去？”仙兵卫说。

忍和田中走出了大楼，但就这样回去可不是他们的作风。他们越过停车场的铁丝网，看到警车已经赶到，大批警察开始展开行动。正好，此时周围开始聚集起看热闹的人。

“奇怪，”看到警察，忍在田中耳边小声说道，“你不觉得，如果只是单纯的自杀，来的警察太多了吗？”

“嗯，我也觉得。”田中表示同意。

“是吧？或许其中另有隐情。”忍舔了舔嘴唇。

就在这时，田中突然喊道：“啊，糟了！”他慌忙低下了头。

“怎么了？”

“是那个万年下层刑警大叔。如果被他看到就糟了。”

“哎？”她朝田中所指的方向看过去，一个似曾相识的矮胖身影映入眼帘，是大阪府警搜查一科的刑警漆崎。“不行不行。要是在这种地方被他看见了，至今为止的所有努力就全都白费啦。”忍抓住田中的手，悄悄地穿过看热闹的人群，低着头快步向前走。漆崎是熟人，但出于某个理由，忍现在不想和他见面。

途中，忍不知道撞上了谁。她没有抬头，说了句“对不起”就径直朝车站走去。

4

他心不在焉地低着头向前走，肩膀突然被撞了一下。

“对不起。”传来一个年轻女子的声音。

“不，我才该说对不起。”他说着抬起头来，然而此时已不见对方的身影。回头一看，一对看起来像姐弟的男女风风火火地快步向远处走去。

一临近年末，大阪人连走路也这么快啊。新藤这么想着，继续向前走。

当他到达现场时，前辈漆崎已经来了。大概是正在家里休息时被叫来的，漆崎一脸不高兴地喝着罐装咖啡。

“前辈，你到得可真早啊。”一米八的新藤只能低头看着前辈。

一米六左右的漆崎瞥了新藤一眼。“我正在看录像带，好不容易看到关键时刻，电话来了。真讨厌！早知道这样，我快进只看精彩的地方就好了。”漆崎生气地拔着鼻毛。

“快乐就留到以后慢慢享受吧。说正事——那个掉下来的男人呢？”

“送医院了。好像还有气息，但是……估计没救了。”

他们来到停车场，鉴定科和辖区警察局的侦查员正在现场勘查。现场标注了男人坠落后的位置，看起来似乎没有流很多血。

“米冈伸治，西丸商店的销售部长。”漆崎把男子的名字告诉新藤。

“是从那扇窗户掉下来的吗？”新藤抬头望着四楼透出光亮的窗户，小声说道，“为什么怀疑是他杀？”

“你上去看看就知道了。”漆崎说道。

大楼里有电梯，电梯门旁边贴着一张纸条，上面写着“客人专用”，而纸条的旁边用红字写着“为了您的健康和节约电费，请走楼梯吧”。

“西丸商店是以大阪为中心，制造和销售工业用服装的公司。前社长、现任会长西丸仙兵卫的家就在这家公司后面，没有同住的人，只有女佣大友福子每天到家中帮忙打理。”在电梯里，漆崎将这些情况告诉新藤。

“寂寞的退隐生活啊。”

“表面上是这样，但只要见到他本人，你就会改变看法了。他可不寂寞，那么难对付的老头这世上可没几个。”漆崎皱起眉头。这时，电梯到达四楼。

“为什么非得干这么麻烦的事不可？米冈是自杀，这不是明摆着的事吗？”新藤他们刚一进屋，就听到有人大声喊叫。喊叫的人身材矮小，和服穿在他身上显得很合身，他坐在窗边的座位上，身体向后仰着。这个老人应该就是西丸仙兵卫。

“但是，还有很多疑问。”面朝窗户、弯腰站在老人面前的，是新藤和漆崎的上司村井警部。“首先是这扇百叶窗。正如您所见，百叶窗坏了，从损坏的情况来看，米冈先生是在窗户打开、百叶窗拉下来的情况下跳下去的。会有这么奇怪的自杀方式吗？”

“现在这里不就有吗？”

“目前还无法断定是不是自杀。这种情况以前从没出现过，至少在我的记忆里没有。”

“那只是因为你们经验不足吧？”

果然是这样，新藤想，漆崎的话没错，真是个难对付的老头。

“还有疑点。”村井耐心地继续解释，“米冈先生在坠楼前抓住了百叶窗。悬挂百叶窗的两个金属钩很结实,但其中一个完全弯了。如果决心自杀，会在掉下去之前紧紧抓住百叶窗，以至于把金属钩都弄弯了吗？”

仙兵卫没有立刻回答，而是缓缓地从怀中掏出一盒 Hi-Lite 香烟，取出一支，用廉价打火机点着，深吸了一口。灰白色的烟雾一直升到了天花板。“那个啊，”他开口说，“就是人的悲哀。虽然已经做好了死的准备，决心跳下去，但当死亡真的就在眼前时，还是对世间留有依恋，于是就像溺水者连稻草也要抓一样，瞬间抓住身边的什么东西。那种心情我非常理解。”

村井焦躁地挠了挠秃头，叹了口气。“也许这样的解释也可以成立，但在我们看来，还是不自然，也有可能是他杀，但伪装成了自杀。即使只有一丁点儿可能性，我们也要彻底调查，这是我们的工作。”

仙兵卫冷笑一声。“你们是靠税金吃饭的，当然要这样做。”

村井瞬间怒上心头，但还是忍住了。“就是这样，所以还请您务必配合。请您告诉我客人的名字。”

仙兵卫闭上双眼，噘着嘴摇了摇头。“我不能告诉你们。他们和这件事没关系，我不能把他们卷进来。既然你们说是他杀，我就更不能多说了。”

"我们绝对不会给他们添麻烦的。"

"这种话我没法相信。"仙兵卫撇撇嘴。

"到底是怎么回事？为什么要问客人的名字？"新藤站在窗户旁，看着村井和仙兵卫，小声询问道。

"今天晚上，西丸家来了客人，是一个年轻女人和一个男中学生，但是老头坚决不说那两个人的名字，一直僵持到现在。"漆崎厌烦地看了一眼仙兵卫。

"问问那个女佣怎么样？"

"问了。但她说只知道那两个人是仙兵卫的客人，其他一概不知。"

"这样啊。"新藤再次看向村井和仙兵卫。

突然，仙兵卫猛地从椅子上站了起来。"如果你们有疑问，无论如何都要调查的话，就请便吧。但是，请不要弄脏了西丸商店的名声。"

"好的，我知道了。"村井低下了头。

仙兵卫走向出口，走了几步又回过头。"仅限今晚，你们在公司里怎么调查都没关系，但从明天开始，请你们别再来了。还有，那边两位——"他看向新藤和漆崎，"用脚调查才是刑警吧？下次还请你们走楼梯，电梯启动一次也是要花钱的。"

5

"那个老人可真啰唆啊。"村井来到新藤和漆崎面前，撇着嘴说道。

"听他那口气，好像坚信自己的公司不会发生杀人案。"

听了漆崎的话，村井点了点头。"老人来到这里时，房间的门是锁着的，而钥匙在米冈的桌子上。所以，老人认为，米冈只可能是自杀。"

"啊，那个房间是密室？"新藤说。

村井现出无精打采的表情，摆了摆手。"凶手事先配好备用钥匙就行了。如果是自杀，自杀的人特意把房门锁上，你不觉得不自然吗？"

确实如此，新藤点点头。

"还有一点也让我很在意。"村井拿起旁边桌子上两个厚厚的文件夹，递给漆崎和新藤，"这些之前是放在那里的。"他说着指向立在窗边的书架。书架很高，最上面的一层几乎接近天花板。

"这两个文件夹放在从上往下数第三层的架子上，而其他同类文件夹全都放在第二层。第二层也完全有空隙放这两个文件夹。"

新藤和漆崎二人仰头看向书架。第二层确实可以放下这两个文件夹。

"更巧的是，打开这两个文件夹，都会看到污渍。"

二人打开了文件夹。正如村井所说，文件夹里沾着细沙般的东西，有些页还有奇怪的弯折痕迹。

"好像是之前掉在地上了。"漆崎说道。

"对，没错。"村井点点头，"还有一件有趣的东西。"他从桌子后面搬出了什么。仔细一看，是一把长一米左右的梯凳。"这个本来放在书架旁边，是用来取高处的物品的。怎么样？文件夹和梯凳，从这两条线索中有没有想到什么？"

"原来是这样。"在村井提问的同时，漆崎说话了，"米冈想要拿这两个文件夹，于是站在了梯凳上，没想到有人偷偷从后面接近，用力将米冈往窗户的方向一推……”

“不愧是老漆啊。”村井说，“如果在身体伸展的时候被旁人一推，是没办法保持平衡的。米冈手里的文件夹掉落在地，身体则撞上百叶窗，掉出窗外。虽然将一个大男人弄出窗外是件困难的事，但如果按我刚才说的那样做，女人也可以做到。米冈坠楼后，凶手把梯凳收拾好，再将文件夹放回去，逃走了。也许是因为逃走的时候太慌张，弄错了文件夹原本的位置。”

漆崎十分佩服，用力点了点头。村井好像心满意足，张大了鼻孔。

新藤突然想到了什么，蹲了下来，仔细观察着梯凳。“果然是这样。脚踩的地方没有沾上泥土。米冈在使用梯凳时大概脱了鞋，毕竟皮鞋的鞋底比较滑。”

新藤的言外之意，村井和漆崎也明白了。

“为了让现场看起来是自杀，凶手还把米冈的皮鞋整齐地摆放好了。好，这样一来就差不多了。”

村井连连点头。

“不过，这根绳子又是做什么用的？”新藤问的是一根挂在梯凳上的塑料绳。这种塑料绳一般是用来捆绑行李的。塑料绳不足一米长，被打成了环形。

“不知道。”村井简短地回答道，“但我觉得这和案件没什么关系。”

“到底是做什么用的呢？看起来也不像是用来固定梯凳的。”

漆崎也思索起来。

就在三人陷入沉默的时候，辖区警察局的刑警走了过来，说：

“西丸商店的社长西丸昭一来了。”

会客室在二楼。新藤和漆崎进了屋，看到一个四十出头的瘦削男人坐在沙发上抽着烟，他应该就是西丸昭一。仙兵卫就坐在年轻社长的旁边。一看到仙兵卫，新藤就想逃。

自我介绍之后，漆崎将事件的大致情况告诉了昭一。昭一似乎已经听说了一些基本情况，所以并未露出惊讶的神色。仙兵卫一直紧闭着双眼。

“情况就是这样。还有几个疑点，我们想要找到合理的答案。还请您协助我们。”

“好的，我会尽量配合。”

听到昭一的回答，新藤不禁有些惊讶。昭一和仙兵卫不同，说的不是方言而是标准语。

“真是荒唐！”旁边的仙兵卫说道，“答案已经有了，米冈是自杀，现在只要找到自杀的理由就行了。”

“爸爸。”昭一严肃地打断了仙兵卫。仙兵卫闭上了嘴。

漆崎好像害怕惹上麻烦，一直没有直视仙兵卫。“米冈先生经常加班吗？”漆崎提出了第一个问题。

“不。不仅是米冈，我们公司的员工几乎都不加班。今晚我也没听说他要加班。”

“所以他是自行留下来加班的？”

“应该是的。”

“他为什么要那样做呢？您有什么线索吗？比如他有紧急的工作要完成之类的。”

昭一皱起眉头，稍微歪了歪头。“我也看了看米冈的桌子，但并没有什么线索。”昭一摇着头说，随后好像无意中想起了什么，“这周他总是一下班就立即离开公司，说是有事。所以我觉得他不可能正好今天加班，何况今天还是周六。”

“啊，下班后有事？”漆崎盘腿而坐，“会是什么事呢？”

“谁知道呢？说不定是为了早点回家而找的借口吧。”昭一看起来不太在意，摆了摆手。

漆崎故意咳嗽了一声。“除此之外，米冈先生最近还有什么奇怪的地方吗？”

虽然改变了提问的方向，但昭一的回答还是一样。“我没想到什么不一样的，和往常一样。”

“他工作进展得顺利吗？”

漆崎的问题让昭一稍微停顿了一下。“还行吧。”昭一回答道，“从我父亲掌管公司时起，米冈就在公司工作了，资格老，有经验。”说完，他又吐了一口烟雾。

新藤有些在意他的反应，于是朝仙兵卫瞥了一眼。这个白发老人正抱着胳膊闭着双眼，一动不动。

“我想问一个稍显奇怪的问题。请问，您能想到有什么人恨米冈先生吗？”漆崎又改变了突破的方向。

“恨米冈？怎么可能！”昭一的半边脸歪了歪，“大家都觉得他是个老实的大叔，不是那种招人恨的人，起码不是一个会树敌的人。”昭一的口吻听起来与其说是赞扬，不如说是在揶揄米冈的老好人形象。接着，昭一挺直了后背，看向刑警。“事先和你们打个招呼，我认为这次的事是米冈的个人问题。我知道，作为警察，你们会进行各种调查，但有一点——请不要影响我们公司的名声。”

不愧是父子，说的话都差不多，新藤想。

走出会客室，漆崎和新藤走上楼梯，正好遇到下楼的村井。

村井看到二人，压低声音问道："怎么样？"

"不太行啊。"漆崎答道。

村井愁眉苦脸。

"不过，有一点稍微令人在意。"漆崎将米冈说这周有事要早早回家的线索向村井报告。

"这样啊，那么有必要调查清楚。"村井似乎也对这一点很感兴趣。

"我首先想到的是女人。"

"我也有同感。对了，今晚来西丸家的客人的身份已经查清楚了。老人有个跟包的，姓富井。我找到了富井，他说今天是他开车将客人送到西丸家的。"

"嗬，那太好了。是和工作有关的客人吗？"

"不是，和工作完全没关系，好像是个女大学生。"

村井脸上浮现出意味深长的笑容。漆崎也松了松嘴角。

"西丸老人都这么大年纪了，还真让人意外啊。"

"确实。老漆、新藤，有劳你们去找一下富井吧。"

6

案发后的第二天是星期日。一大早，忍就被门铃给吵醒了。

"到底是谁啊，大早上的！"忍抱怨着从被窝里钻出来，慌忙换了衣服。其间，门铃一直响个不停。真烦人啊！忍从门镜朝外窥探，看到两张用手将嘴巴和眼睛拉扯在一起的鬼脸。"啊，真是够了，这两个小鬼！”

忍一打开门，两个孩子便松开了做鬼脸的手，向她打招呼：“老师，早上好！”

是她曾经教过的学生，一个是田中铁平，另一个叫原田郁夫。

“大早上的，有什么事啊？”

虽然忍说话带着怒气，但这两个孩子一点也不在乎。原田没有回答她，而是说道：“不行，我忍不了了。”说着脱下鞋子，自顾自地经过厨房朝厕所跑去。

“今早真冷啊。”田中说话的语气好像老人一样，也进入忍的家中。刚在桌子前坐下，他便伸手去拿装曲奇饼干的盒子。

忍啪地拍了一下他的手。“我问你有什么事！”

“疼——我是特意来帮忙的。”田中揉着被打的那只手。

“帮忙？”

“嗯。昨天那件事，我觉得警察肯定还会来找你。如果他们来了，我也在场会比较好。因为只凭老师你的记忆，实在不可靠。”

“少说这么狂妄的话。你可别小看我这优秀的记忆力哦。你的成绩单我到现在还记得是什么样呢。”

“那种东西想不起来也没关系！”田中一副厌烦的表情，吃了一块曲奇饼干。

是啊，他说得没错，警察一定会来的。忍想起昨天晚上见到漆崎的事。漆崎在，那么他的搭档新藤应该也在。那个年轻的刑警曾经向她求婚，但她为了成为一名更好的老师，选择到大学深造。搬到这所公寓之后，没有再和他联系过，也让老家的家人对她的住址保密。她现在只想考虑学习的事。

这次的事，也许会暴露行踪啊。不过这样也好，忍心想。她也有些想念新藤他们了。“对了，还没看早报呢。”忍从信报箱中抽出今天的早报，先打开社会版。她期待看到有关那件案子的详细报道，但只在最下方的角落里找到一个小小的标题——“谷町四丁目服装公司员工从四楼坠落致死”，内容也只是简单的概要。

“怎么只有这么点报道！”忍不满地说道。

“唉，这也没办法，本来就不算什么大事。这个世界上还有很多大事呢。”田中一副什么都知道的口气。

田中旁边的原田用手肘碰了碰他。“很久没遇到这样的案件了，多难得，老师正兴奋呢，你就别说扫兴的话啦。”

“啊，也对。”田中挠了挠头，“抱歉抱歉。”

正当忍瞪着他们二人时，门铃响了。原田应了一声“来了”，走到玄关处。他踮起脚从门镜向外看了看，然后回头看向忍。“老师，他们来了——下层刑警和万年下层刑警。”

“哎！”忍站起身。原田打开玄关的门锁。

“你说谁是万年下层刑警？”漆崎的脸从门缝中显现出来。

“老师你也太见外了吧？连一张明信片都不寄给我。就算不写地址也好，只要告诉我，你过得很好，我就安心了。”新藤一脸怨气地说道。

“对啊。老师你消失的这半年里，这家伙都没法专心工作了。”一旁的漆崎坏笑起来。

“对不起。”忍低下了头，“我实在是太忙了。”

“我明白，可是……”新藤说着将茶杯送到嘴边，察觉到两个孩子的视线，停下了动作。

田中他们吃完了盒里的曲奇饼干后，无所事事地来回看着新藤和忍。

“你们也是，既然知道老师的住址，为什么不偷偷告诉我呢？”

“我们要是说了，被老师知道了，后果不堪设想啊。”田中说道。原田也心领神会地点点头表示同意。“真的，最后挨揍的是我们。在这种情况下自然暴露出来，我们真是松了一口气。终于不用再隐瞒下去了。”

“你们的话也太夸张了吧？我揍过你们吗？”

听到忍的话，二人互相看了看，摇了摇头。

“那么，咱们先把忍老师的事情放一放，说说这起案件吧。”

漆崎刚说完，忍立即精神饱满地回应了一声“好”，随即详细讲述了和仙兵卫的关系以及案发时的所见所闻。

大致情况漆崎似乎已经知道了，只是一一确认。“相关人员的供述大体一致。”漆崎摸着长出胡楂儿的下巴。

“警方怎么看？也认为是自杀吗？”

“嗯，啊，是啊……”漆崎支支吾吾，含糊地说道。

“目前推断是他杀。”一旁的新藤说，“绝对是他杀。”

“笨蛋，你在说什么！”漆崎慌忙制止。

“告诉老师没关系的。那么久没见了，至少要送她个礼物吧。”

“就是就是。”田中他们也帮腔道。

于是，在孩子们叽叽喳喳的吵嚷声中，新藤把警方推断他杀的根据告诉了忍。漆崎似乎已经放弃了，板着脸看向旁边。

忍听完既兴奋又期待，双手握在胸前。很久没有遇到这么刺激的事情了。“这么说，凶手把米冈先生推下去后，在我们赶到现场之前就已经逃走了。没人看到他逃跑吗？”忍陷入思考。

“这个问题确实很棘手。”漆崎说，“没有发现凶手从紧急出口逃跑的痕迹，所以凶手要逃跑的话只可能是从正门，可是警卫当时在正门看守着。因此，推断他杀有些站不住脚……”

此时，新藤又开口了：“但这个问题是可以解决的。我问了警卫，他说他几乎一直在里面的房间看电视。也就是说，凶手能够轻松避开警卫的视线逃走。”

“这样啊。”忍表示理解。但漆崎不高兴了。

忍继续提出心中的疑问：“我们到达四楼的时候，办公室是锁着的。或许凶手配了备用钥匙，但这容易办到吗？”

“很难……”

漆崎还没说完，新藤又插嘴道：“好像很容易。任何员工都可以拿到办公室的钥匙，只要去附近的钥匙店配一把就行了。问题是，公司以外的人能不能拿到钥匙。”

“嗯……这么说来，公司内部的人嫌疑很大啊。”忍说。

漆崎挠了挠头，沉重地叹了一口气。“是这样的。但说实话，关于具体情况，我们还不了解。既然是他杀，当然要有动机，可是现在完全不知道凶手的动机是什么。”

“动机啊……”

“总之，还是先去问问公司的人吧。不过……”新藤坏笑着看向忍，“不愧是老师，真招人喜欢啊。从中学生到七十岁的老爷爷，都一网打尽。”

“上次迎面走来一只狗，看到老师后也拼命摇尾巴呢。”田中在一旁说道。

他推得光溜溜的头上立即飞来一记拳头。

7

离开忍的公寓后，新藤和漆崎前往米冈家。昨天晚上其他侦查员已经去了解过情况了，但米冈太太最终也没能冷静到把话讲清楚，于是今天由漆崎他们负责再去一趟。

“你那张大嘴巴，真是让我没辙。”漆崎双手插入裤子口袋，弓着背，边走边抱怨。从忍的家离开后，他就一直是这种态度。

“没关系的。忍老师可是差点嫁给我的人啊。”新藤兴高采烈地回应漆崎。时隔许久再见到忍，他感到身心愉悦。

“哪有差点？你是被人家拒绝了吧？”

“那只是时机不对而已。当时老师觉得如果马上结婚，对我们双方都不好。”

“哼，人总是喜欢将情况朝对自己有利的方向解释。你会长命百岁的。”漆崎挖苦道。新藤对此毫无反应，笑嘻嘻地哼着歌。

他们一路走，一路聊天，不久便来到了房屋密集的住宅区。形状狭长的二层楼房排成一排，其中一栋就是米冈家。小小的停车场里，停着一辆玩具一般的轻型汽车。窗户外的防雨挡板紧闭着。

“好了，终于轮到最艰苦的工作了，你能不能先收起那一脸傻笑的表情？”

被漆崎抱怨的新藤拍了拍自己的脸。

米冈的妻子身材矮小纤弱，年龄在四十五岁左右，但她现在看上去好像已经五十多岁了。不用说，失去丈夫令她深受打击。

“最近，我丈夫确实没什么精神。”当被问到米冈最近有什么不同寻常的地方时，她盯着放在膝盖上的手，回答道。

“他有什么烦恼的事吗？”新藤问。

她歪头思考。“虽然感觉他很烦恼，但他究竟在想些什么，我也不知道。他在家从不和我说公司的事情。他就是这样一个沉默寡言的人。”

“您是从什么时候开始感觉到他没精神的？”漆崎问道。

“嗯……”她用纤细的手指摸着脸颊，“我也不知道究竟是从什么时候开始的。最近他经常把自己关在房间里想事情，有时候还会喃喃自语。”

新藤和漆崎对视了一眼。

“不过……如果我丈夫是自杀，有一点我无论如何也不能理解。”米冈太太嘟囔了一句。

“是什么？”漆崎问。

“就是从四楼的窗户跳下去这一点。在我看来，我丈夫那个人是绝对不会选择这种死法的。怎么说呢……他有恐高症，而且很严重，就算是游乐场的摩天轮他也不敢坐。”

听到这话，两名刑警又对视了一眼。推翻自杀一说的证据又多了一个。

“抱歉，我想问一个冒昧的问题。您丈夫的人际关系如何？他有没有和人发生过争执之类的？”

漆崎还没问完，米冈太太就开始摇头。“完全没有发生过这种事。他真的是个胆小怯懦的人，有时就连想说的话也无法说出口……但已经卸任的西丸先生以前常跟我说，我丈夫的长处正是这一点。”

“这样啊。”

接下来，漆崎提及米冈这周每天都早早下班的事，想向米冈太太打听理由，但她对此全然不知。

“这周我丈夫每天都晚归，我以为他一直在加班。”她眼中开始流露出不安，似乎意识到丈夫隐瞒了什么。她脑海中浮现的事情一定和新藤、漆崎他们想的一样——米冈出轨了。

“不过，我们认为这和本案没什么关系。”新藤想要安慰她，然而气氛并没有好转。

之后，二人让米冈太太带他们看了米冈的房间。是一间四叠[①]半的日式房间，里面摆着一张矮桌和一个书架。米冈似乎很爱读书，屋里杂乱地堆放着许多书。

“米冈先生真是个用功的人啊。”漆崎坐在矮桌前，把书一本一本地拿起来，新藤则看向书架。不久，漆崎突然发出“哦”的一声。

“怎么了？”

“这里居然藏着一个纸袋，里面到底有什么呢？”漆崎从矮桌下面抽出一个白色的纸袋，打开翻检，发现里面有六本书和一个活页笔记本。

“啊，这本书！”新藤发出惊呼。

8

忍接到仙兵卫的电话是在周三的清晨。正当她要出门的时候，电话响了。

---

①日本计量房屋面积的单位，1 叠约为 1.62 平方米。

在电话中，仙兵卫表示想和她再见一面，继续谈一谈上次说的事。所谓上次说的事，应该就是希望忍去西丸商店工作的事。忍完全没想过接受他的邀请，却答应了见面，因为她想去探一探西丸商店内部的情况，寻找解决案件的突破口。

这天，忍只有上午有课。中午过后，她在梅田站附近等着，不一会儿就看到富井开着那辆破旧不堪的轻便客货两用汽车来接她了。

"昨天举行米冈先生的葬礼了吧？"忍一坐进车里便对富井说。

"是的。米冈先生虽然平时不显眼、很低调，葬礼却来了很多人。到底还是因为米冈先生的为人啊。"

"关于这起案件，您知道些什么吗？"

"不太清楚啊。刑警也去了公司和葬礼现场，好像在调查什么。不过绝对是自杀，西丸商店的员工不可能和杀人案有关。"

"富井先生，刑警有没有跟您打听过什么？比如……米冈先生的自杀动机之类的。"

"啊，那个……刑警的确问过我。但是我这个人粗枝大叶的，不太能体会他人的烦恼啊。"富井说着打开了收音机。

收音机里传来关西有名的老牌漫才[①]组合的节目，但是此时并不觉得多么有趣。

"哈哈，开始说蠢话了。"富井的表情看上去非常不自然。

到达西丸家后，忍还没有进屋，仙兵卫便来到玄关接她。一见到忍，他开心得眼睛眯成了一条缝。不过，仔细看会发现他的眼睛有点充血，估计是守夜和葬礼的事把他累坏了。

---

①日本民间说唱表演形式之一，类似中国的相声。

“你终于来啦。快，咱们走吧！”仙兵卫穿上了草鞋。

“要去哪儿？”

“这还用问吗？当然是去公司呀。我觉得还是先让你去公司看看，再和你谈比较好。”仙兵卫说完，迅速走了出去。

忍跟在仙兵卫身后，试着询问他案件的相关情况。

“米冈是自杀。不过还是要弄清楚自杀的理由，但那不是警察的工作，要由我们自己来查。”

“但还是有很多疑点，不是吗？也有他杀的可能……”

仙兵卫突然停下了脚步，转身看向忍。“你听谁说的？”

忍将与两名刑警相识的事如实告诉了仙兵卫。

仙兵卫不快地嗤之以鼻。“结交朋友要慎重，小心被别人怀疑你的人品。”

“会长，关于米冈先生自杀一事，您有什么线索吗？”

仙兵卫愣了一下，随即将视线移开了。“我已经退休了，对这些事情不了解。”他将视线移回，看着忍微笑道，“你好不容易来一趟，别再聊这些扫兴的事情了。我们快走吧！”

西丸商店大楼的一层和二层是工厂，三层和四层则是办公区。工厂里有很多正在运转的机器和工作的工人。

“好像又引进了新机器啊。”仙兵卫瞥了一眼后说道。

“是的。社长说，是电脑控制的最新机器。”富井回答。

仙兵卫点了点头，说：“真厉害啊。具体都控制些什么呢？”

富井深深吸了一口气，含糊地回答：“嗯……控制很多东西吧，因为是电脑嘛。”

“哦，这样啊。”仙兵卫没有再问下去，而是换了一个话题，“对了，厂长阿滨还在休假吗？”

“是的。听说他总是头疼，肠胃也不好，要休息一段日子。”

“看来情况不太妙啊。他看过医生了吧？”

“看了，但是一直不见好转。”

“阿滨也有五十多了吧。”仙兵卫叹了一口气。

一旁的忍再度环视工厂。这里的生产势头确实很强劲，工人看起来似乎在拼尽全力追赶机器运转的速度。

他们来到四楼的办公室，员工们正井井有条地工作着，完全想象不到这里曾经发生过那种事。忍上次来这里是在案发当晚，办公室果然还是要有员工工作才显得有活力。

职员们看到仙兵卫都笑脸相迎，但一看到旁边的忍，就露出了疑惑的眼神。忍无视他们的目光，观察着办公室。

“关于销售业绩走势的数据错漏百出！到底是谁负责整理的？”一个男人严厉地怒吼道。那个男人坐在墙边，眼神锐利地来回睨视众人。直觉告诉忍，他一定就是公司的社长昭一。昭一旁边的窗户就是前几天米冈坠楼的那一扇。

昭一身边的员工小声回答：“是米冈先生整理的。”

“原来是死人，骂都骂不了。”昭一将文件朝桌子上一扔，咂了咂嘴。过了一会儿，他终于察觉到了仙兵卫他们的到来，于是大步走了过来。“有事吗？”他不客气地问道。

“没事就不能来了？这可是我的公司。”仙兵卫看也不看昭一。

“确实是您的公司，但现在正是忙的时候，如果没有什么特别的事，能改天再来吗？”

“我不会打扰你工作的。我只是带这位小姐来公司看看。”

一听仙兵卫提起自己，忍立即鞠躬行礼。

昭一轻轻推了推眼镜，看着她，问道：“这位是……”

"秘书候补人选。"仙兵卫回答。

昭一满脸惊讶，忍也吓了一跳。她也是第一次听说这件事。

"不过还没定下来，我还在劝说她。"

"爸爸……事到如今，您还找什么秘书啊？"昭一结结巴巴地说，来回看着父亲和这个没见过的年轻女子。

"少自以为是了！不是我的秘书，是你的秘书。"

"什么？"忍发出惊呼。

"莫名其妙。您在说什么啊？"昭一丢下这么一句，取下金边眼镜擦拭起镜片来。

"我是认真的。现在公司需要像这位小姐这样的人。"仙兵卫将手放在忍的肩膀上。

昭一摇了摇头。"我不知道你们是什么关系，如果您想要雇用这位小姐，可以和我商量。可是，请不要胡乱地自作主张。爸爸您也很爱惜公司吧？"

仙兵卫听完，眉头紧锁，目光锐利地直视着儿子。"嗬，你倒是独当一面了啊。明明连员工自杀的问题都不能圆满解决。"

"您到底想说什么？跟那件事没关系吧？而且如您所见，公司运营良好。"

"嗯？哪里良好了？"仙兵卫看向旁边。

昭一正想要说什么，一名员工告诉他有人打电话找他。昭一没再说什么，回到了自己的座位。仙兵卫看着他的背影，慢慢摇了摇头。

离开办公室之前，忍再次环视办公室，突然将视线停留在了一个上了年纪的中年女子身上。她正在操作电脑。忍从她身后靠近，当看到她膝盖上的物品时，不禁发出"啊"的一声。

那个中年女子神色惶恐地转过头，随即将放在膝盖上的物品藏在了桌子下，然后把食指放在嘴唇上，好像在说："请替我保密。"

这一天晚上八点左右，新藤来到了忍的公寓，说是恰巧来到这附近，顺道过来看看。虽然明知他在说谎，忍还是装出相信的样子。

都这么晚了，忍不方便让新藤进屋，于是他们一起去了附近的咖啡店。

"我渐渐感觉他杀的说法有点奇怪了。"新藤呷了一口黑咖啡，无精打采地说道。

"怎么回事？"忍用勺子舀了一勺法式冰激凌。

"那天晚上，有一辆货车停在西丸商店的大楼前。货车司机说，从听到惨叫到周围引发骚乱这段时间，他一直看着大楼的入口。我整理了他的证言，发现除了仙兵卫先生和你们之外，并没有其他人出入过大楼。"

"这样啊……"

没有其他人出入过大楼，意味着案发现场只有米冈一个人。这样一来，只能解释为他是自己掉下去的。

"可是，如果判断为自杀，还是有很多疑点啊。"

"是的。首先，最大的疑点就是那扇百叶窗。为什么像是因为身体撞击而损坏的呢？另外，还有一个疑点——米冈有恐高症，我认为他不可能选择跳楼这种自杀方式。并不是'反正都是死，横竖都一样'那么简单，越到这种时候，越能看出个人的好恶。"

"我赞成。如果是我，决不会选择上吊自杀，因为听说会大小便失禁。不，跳轨也不行，身体会被撞得稀巴烂吧？"忍边说边用勺子搅动着冰激凌里的奶油。

新藤松了松领带，做了个吞咽的动作。“我可没有问老师你想怎么死。”

“我只是打个比方。嗯，我也讨厌淹死，被刀子捅也很疼……好苦恼啊。”

“别再苦恼了，你肯定会像古老的盔甲一样长命百岁的。”

“喂，你这是什么意思？”忍瞪着新藤。

“这是我的愿望——啊，对了，还有一个新的疑点。”

“别转移话题……新的疑点是什么？”

“你看，案发现场的梯凳上不是挂着一条打成环形的塑料绳吗？我们在上面发现了米冈的指纹。”

“米冈先生的指纹？为什么？”

“不知道。侦查员也在冥思苦想呢。”新藤拍了拍后脖颈，又来回转了转肩膀，似乎在缓解疲劳。他的手腕关节处咯吱作响。

“视为单纯的自杀的话，果然还有很多奇怪的地方。”忍用勺子在已经空了的杯子里来回搅动。

新藤一口喝光冷掉的咖啡，压低声音说：“但是呢，米冈其实有自杀的动机。”

“哎？”忍越过桌子探出身来，“真的吗？”

“真的。米冈上周下班后去了哪里，现在已经调查清楚了。很多事情浮出水面了……”新藤把他和漆崎一起做的推理讲给忍听。

确实，那一点可以作为米冈自杀的理由，而且和她今天在西丸商店发现的情况也有密切的联系。

“我们已经向几名员工打听过了，证实了这一点，但还缺乏决定性证据。那些了解米冈情况的老员工都不愿意说实话。他们吞吞吐吐的，顾左右而言他。”

“啊，话说回来……”忍想起今天富井的态度，一说到自杀动机的话题，他的语气就会突然冷淡起来。

“果然。其中一定有隐情。”新藤一筹莫展，用力环抱双臂。

9

翌日，忍从大学回家后，看见田中和原田在公寓前投球玩耍。他们看到忍后匆忙并排站好，深深地鞠躬。“老师，欢迎回来。”

忍仔细打量二人后，稍微压低音量问道：“你们有何贵干？来我这儿肯定有什么企图吧？”

“怎么可能！我们只是想帮老师解决那起案件。对吧？”田中向身旁的原田征求同意。

原田不住地点头，似乎在说“就是就是”。

“帮我什么？如果还要你们俩帮忙，那我也算完了。少装糊涂，从实招来。我看，不是你们想帮我，而是想我帮你们吧？”

二人立刻笑了起来。

“分析正确。是考试前的紧急求救！数学和英语就拜托老师了！”田中说。一旁的原田也合掌恳求起来。

“日本的英语教育太匪夷所思了。”田中举着教科书，倒在榻榻米上，“为什么要一字一句地把英语翻译成日语？只要理解意思不就行了吗？”他才学了不到十分钟，和小学时一样，完全没长进。

“你的牢骚可真不少。”

“上次英语考试，田中做翻译题时把汉字写错了，被扣了分，所以气坏了。”原田说道，“他把‘那是我的书’写成了‘那是佛的书’，太好笑啦！”

“哈哈哈，”忍大笑起来，“那当然要扣分啊。”

“但英语老师应该可以猜出那只是笔误啊，真是不懂变通的大叔。”田中鼓起腮帮，“对了，那起案件怎么样了？”

“还是那样。”

“哦，看来下层刑警叔叔们这次又要陷入苦战了。”田中直起身来，重新在坐垫上坐好，然而他似乎完全没有学习的心情。“我爸爸说，那个老爷爷是出了名的吝啬鬼。”他又将话题转向了那起案件。

“好像是这样。听说他对新藤他们说，既然是刑警就别用电梯，要走楼梯。”忍把从新藤那里听来的事情告诉了两个孩子，他们不由惊呼起来。

“好厉害的老爷爷！估计他自己平时也走楼梯。”田中说。

“应该是吧。他看起来那么精神。”

“所以说，那时候他应该也是走的楼梯。这样一来，我总算想明白了。”田中好像领会到了什么似的点了点头。

“那时候？你指的是……”忍问。

“就是案子发生的那天晚上。老爷爷不是在我们之前到过四楼吗？就是那时候。”

忍想起来了。“怎么可能？当时他肯定是乘电梯上去的。那可不是省电费的时候。”她笑着说。

田中却稍显严肃地摇了摇头。“不，那时候老爷爷肯定是走楼梯上去的，下楼才乘的电梯。”

“你还真是自信满满啊，好像亲眼看到了似的。”

“不亲眼看也知道啊。那时候，我们比老爷爷晚了好一会儿才进的大楼，因为警卫大叔拦住了我们。正当我们在警卫室前和女佣争执时，老爷爷乘电梯下来了。”

“对，他说办公室的门被锁上了。”

“那时候我就觉得奇怪。按理说，老爷爷已经上去很久了，他到底在楼上干了些什么呢？”

忍倒吸一口凉气，说起来确实如此，至今为止她却完全没想到这一点。

“所以我就想啊，老爷爷当时应该是走楼梯上去的。他那个年纪，走到四楼得花上一些时间。”

此时，忍站了起来，那气势吓得两个孩子往后一仰。

“田中！”忍喊了一声。田中听到后抱住了头。忍俯视着田中，继续说：“马上联系新藤，谜题解开了！”

10

烟雾弥漫，就如同侦查员们的内心。这里是谷町警察局的会议室。

“那为什么接二连三地发生怪事？”漆崎不耐烦地说着，拿起茶杯送到嘴边，才发现杯里的热水已经喝完了，于是又生气地将茶杯放回桌上。

“鉴定结果已经出来了，我也没办法啊。我也不想事情变得复杂。”新藤的语气听起来闷闷不乐。

通过鉴定得到的，是关于百叶窗和悬挂百叶窗的金属钩强度的报告。之前，从百叶窗的损坏情况和金属钩的弯曲程度推测，米冈先是撞到了百叶窗，在坠楼之前又抓住了百叶窗。然而，鉴定结果表明，这种推测是错误的，因为金属钩的强度大得出乎意料。如果米冈在坠楼之前抓住了百叶窗，那么在金属钩弯曲之前，百叶窗应该就已经完全坏了。

“什么事情都不能想当然，有些事情不是用理论就可以解释清楚的。”漆崎一脸痛苦地说道。

新藤看着漆崎的脸，语带戏弄地说道：“自诩理论派的前辈居然说出这种话，看来世界末日要到啦。”

这时，会议室的一台电话响了。一旁的刑警接起电话后，露出一丝奇怪的表情，随后看向新藤：“你的电话，是个初中生打来的。”

11

明明是工作日的白天，西丸商店四楼的办公室却看不到员工的身影，因为社长昭一命令全体员工都离开办公室。命令昭一这样做的则是仙兵卫，而拜托仙兵卫这样做的人是忍。

空荡荡的办公室里，只有昭一、仙兵卫、忍和田中四个人。

“虽然不知道你们要做什么，但还请长话短说，我很忙。”昭一绷着脸说。虽然忍告诉他，把大家召集在这里是为了说明案件的真相，但他似乎不怎么感兴趣。

不久，楼梯间传来脚步声，是新藤和漆崎来了。两个人并排站着，气喘吁吁。

“我们迟到了。”漆崎说，“我们没乘电梯，会长。”

仙兵卫只是稍微动了动嘴角，双眼一直没有睁开。

“那么我们开始吧。”忍走近案发的那扇窗户，“这次的案件有很多奇怪的地方，不管被认为是自杀还是他杀，都有很多疑点。可以解释这些疑点的，也只有这个答案了——”她环视在场的人，继续说道，“是事故。”

“什么？”说话的是新藤。

昭一低声笑了出来。“你的脑子是不是出了问题？怎么可能是事故？”

忍不理会他的冷嘲热讽，继续说道：“米冈先生站在梯凳上打算取下书架上的文件夹时，失去了平衡。为了防止摔倒，他便往窗户上靠，没想到的是，当天窗户是开着的。或许是因为那天晚上没有风，有人为了换气而打开了窗户，但由于百叶窗是拉下来的，米冈先生忘了窗户还开着。结果，他失去平衡，撞向百叶窗，飞出了窗外。”

“原来是这样！”新藤拍了拍手，“这样一来，关于百叶窗的问题也就说得通了。”

“但是，除此之外，还有很多矛盾的地方。如果是事故，梯凳应该留在原处才对。”昭一撇着嘴说。

“确实是这样。”忍点点头，然后看向仙兵卫，“所以，只能认为有人收拾了梯凳，还顺手将掉落的文件夹放回书架，然后锁上门离开了。后来这个人用备用钥匙再次进入这间办公室时，悄悄把原本的钥匙放在了米冈先生的桌子上。”

所有人都顺着忍的视线凝视着仙兵卫。这个白发苍苍的矮小老人依然紧闭双眼，一动不动。

“会长想让米冈先生遭遇的事故看起来像是自杀。”

“爸爸，这是真的吗？为什么要做这种傻事……”昭一跑到仙兵卫面前，抓住他的肩膀。

仙兵卫这时终于睁开了眼睛，直视着儿子的脸庞。“我为什么要这么做？像你这种笨蛋怎么可能明白呢？”

“笨蛋……为什么这么说？”昭一目光中带着挑衅，再次看向仙兵卫。

忍看着昭一的侧脸说：“会长让这场事故看起来像是自杀，是想让您去思考米冈先生自杀的原因。”

“你在说什么？明明不是自杀，怎么可能有什么自杀的原因？”

“不，有。”说话的是站在一旁的新藤。他向前迈出一步，对昭一说道：“米冈先生是有自杀的原因的。他患有神经衰弱。”

“神经衰弱？”

“具体来说，是技术压力导致的神经衰弱。知道米冈先生上周早早下班的原因吗？实际上，他去了电脑培训班。我们在他家的桌子下面找到了电脑教材。”

“电脑……”

“社长，听说您为了公司运营更加合理，让员工都必须适应办公自动化，使用高科技机器。但是技术革新这件事必须考虑每个员工的个性，和他们商量之后再逐步推广。据电脑培训班的人说，米冈先生非常爱钻牛角尖，坚持要火速学会使用电脑。可是，以米冈先生的年纪，是不可能立刻上手的。结果，他才去了四天就大受挫折。”

“我也无可奈何。”昭一推了推金边眼镜，镜片好像亮了一下，

“公司成长过程中，提出一些硬性要求是必然的。如果他不喜欢，可以辞职啊。”

“按您说的，如果全体员工都辞职了怎么办？”忍认真起来。

“全体员工都辞职？那是不可能的。实际上，大部分员工都适应了我的方针。”昭一用工作时的口吻回答。

“适应？”忍抬高了声调，“真可笑。是您自我感觉良好吧？社长您也许还没发现，但我可亲眼见到过。您的员工中，有人把算盘藏在桌子底下，假装是在用电脑计算。这么做恐怕是担心被您骂。”

忍说的是昨天发生的事。那个把算盘藏起来的中年女子在被忍发现时，都快哭出来了。

“不只是办公人员，工厂里的工人好像也在被机器追赶着，一点都不快乐。您连这种情况都不了解，还说什么运营更加合理？这样下去，说不定真的会有人因压力而自杀。”

昭一沉默着将视线转向一旁，好像在说：你这个外人懂什么！

“算了，说什么也没用。”仙兵卫开口了，“我一直想方设法让这家伙看清现实，让他意识到他对生意持有错误的理念。不考虑公司实际情况，为了所谓运营更加合理而盲目推行机械化，只会给员工带来不幸。厂长阿滨生病休假，恐怕也是压力所致。我还期待着，如果得知米冈是自杀，再愚蠢的人也会反省。结果，这个笨蛋却一点也不知道改正，一意孤行，完全没想去了解米冈的烦恼。几乎所有老员工都知道米冈的烦恼，但我不让他们说出口，因为我真的很想让昭一自己醒悟。”

忍终于明白富井等人之前顾左右而言他的原因了。新藤他们也点点头。

昭一摘下眼镜，用指尖揉了揉眼角，然后又戴好眼镜。“好，我知道你们的意见了，也明白了米冈因无法适应我的方针而感到有些烦恼。但是，他并没有自杀，不是吗？他烦恼的程度也许没有像父亲您担心的那样严重。”

“熟悉米冈的人都知道，他烦恼得不得了。”

“那只是想象。我可没看出他有多烦恼。”昭一说完，转向新藤和漆崎，“接下来就是警察的工作了。不过既然是事故，也没必要再费工夫了。我先失陪了。”他披上风衣，朝电梯走去。

忍看着他的背影，想要说些什么，但被仙兵卫制止了。

“算了，放弃吧。都怪我的教育方式不对。”

“可是……”

“你们已经说到那种程度了，他还是不明白。我这儿子真是无情啊。”仙兵卫再次凝视忍的脸，脸上浮现出些许寂寞的笑容，“不过，你不愧是我看中的人，你懂人情。其实，我想雇你来我们公司，就是希望你可以改变他。”

“啊，原来是因为这个……”忍突然感觉这个矮小的老人似乎变得更小了。

仙兵卫又转向漆崎他们，深深垂下了头。“事情就是这样。一切都是我安排的，我为我的行为向你们道歉。”

“确实让我们伤透了脑筋啊，还真够呛。”漆崎苦笑，“如果您完美地营造出自杀的假象还好，可是出现了各种各样的漏洞。”

“被你这么一说，我感觉自己真没用啊。”仙兵卫摸了摸自己的白发，“当时实在太慌张了，没工夫管百叶窗。更糟糕的是米冈的死法。米冈有恐高症不是什么秘密，很多人都知道，他就算是上吊，也不会选择跳楼。但在当时的情况下，我根本没法选择他的死法。”

“原来是这样啊。”漆崎笑出了声，新藤也露出一口白牙。但下一秒，二人同时失去了笑容，看着对方。

“上吊……吗？”漆崎喃喃自语。

“原来是这样，我知道了！”新藤大声说道。

“把社长叫回来！”漆崎说。

新藤冲向了楼梯。

漆崎从百叶窗和金属钩说起。因为百叶窗没有完全损坏，金属钩却弯曲了，这一点让他们百思不得其解。

“要解决这个疑问其实很简单。不妨这样想：金属钩弯曲，并不是米冈先生抓住百叶窗的缘故，而是金属钩通过别的东西承受了米冈先生的体重。”

“别的东西？”忍疑惑道。

一旁的昭一也露出阴沉的表情。

“是绳子。在案发现场，我们发现了一根不到一米、打成环形的塑料绳。”

“绳子上有米冈先生的指纹。”新藤补充道。

“塑料绳……用来做什么？”

看着自言自语的仙兵卫，漆崎说道：“站在梯凳上，把绳子挂在高处的金属钩上——想来想去，那时米冈先生这样做只有一个目的，就是想要上吊自杀。”

“哎？”忍发出惊呼。

昭一猛地将手支撑在桌子上。

“然而，金属钩没有结实到那种程度。米冈先生试着将整个身体吊上去时，金属钩弯曲了。结果，米冈先生失去了平衡，从窗户坠落下去。虽然结果都是自杀，但成了跳楼自杀。”

“怎么可能……”昭一说道，那声音如同呻吟。

“原来是这样……”仙兵卫痛苦地感叹，“和我想的一样，米冈果然烦恼得想要去死。喂，昭一，这样你明白了吗？”说着，他看向儿子，“想象一下，早上你来到办公室，看到米冈的尸体悬挂在这里——就在你座位的正后方。也许他正是想到了这一点，才选择在这里上吊的。”

昭一看向窗户，使劲咽下一口口水。这一幕被忍看在眼里。

12

球棒迅速回转，球却飞进了接手的手套中。西丸商店的观众席传来阵阵唉声叹气。明明是逆转的绝好机会，结果两名球员连续被三振出局。

坐在长椅上的西丸仙兵卫起身，宣布换上替补。两次空抡球棒后出场的，是西丸商店队唯一的女球员竹内忍。

“啊，轮到老师上场了！加油，老师！”新藤旁边的田中为忍声援。

忍微微抬了抬手，进入了击球区，然后又挥了两三下球棒。

“今天是来帮忙的？”新藤问。

“是啊。那个老爷爷好像打算以后一直拜托老师来帮忙。”

“他的目的是让忍渐渐成为西丸队的专属击球员吧？”

“我想也是。啊，界外球！可惜！”

“先将她收入垒球队，再想办法让她进公司？肯定是这样。”

“或许吧。那个老爷爷好像挺喜欢老师的。”

“啧。”新藤咂了咂嘴。

因为几天前的那起案件，西丸昭一也醒悟过来。如今，公司渐渐回到了以前那种和谐的氛围。有几台不需要的电脑，仙兵卫卖给了熟悉的二手店。

据说，仙兵卫为了重振公司，正想方设法得到忍这个可靠的员工。对于新藤来说，又出现了一个麻烦的对手。

“真是个纠缠不休的老头。年纪大了就像个年纪大了的样子，好好退休享受不就好了嘛。”

他刚说完，忍又来了漂亮的一击。在一片欢呼声中，白球穿过左外野和中外野之间。新藤和田中都站了起来。

“跑啊！跑啊！老师，快跑！”

像是在回应田中的声音，忍跑过垒包。

新藤也不禁大喊起来。

第二章

忍老师是飙车族

1

车子慢吞吞地前进了数米之后，左转。忍想打转向灯，灯没有亮，雨刷却横在了眼前。

“怎么了？下雨了吗？”坐在副驾驶座的教练挖苦似的仰头看了看天空。

“我弄错了。真是不好意思。”忍生硬地大声回答后，重新打了转向灯，转动方向盘。

散漫地坐在副驾驶座上的秃头教练瞬间失去了平衡，紧紧地抓住了椅背。“喂，你怎么开车的！打方向盘的时候你就不能谨慎点吗？”

“好，好。”

“你真的听进去了吗？喂，你没确认后方路况！”

“确认了。”

“你根本没确认！一定要好好确认路况！”

忍没有搭理他，进入了直行车道。这是驾校内唯一可以加速的道路。她一口气加速，换至最高挡。仪表盘的指针疾速抬升。她很享受这种车速带来的快感。

她想在贴近墙壁时再踩刹车，可还没有踩，车速就已经降了下来。忍咬着嘴唇。

驾校用车的副驾驶座处也有刹车。秃头教练在忍踩刹车前先踩了下去。

“你搞什么？为什么不踩刹车？”教练问道。

“我正打算踩呢，脚都已经放好了。”

“晚了晚了。这样会撞墙的。”

“应该不晚。离墙壁还有那么长一段距离呢。”

“你这样不行，车子比你想象中的要快。喂，再不换挡就要熄火了。”

放慢速度，踩离合器，换挡，慢慢松开离合器。嘴上反复说着并按此行动，但身体却不能按照想好的动作执行——就在忍这样想着的时候，旁边的教练又踩下了刹车。

“你看哪儿呢！前面会有对向来车，不能只注意脚下。真是的，太笨了！”

“行了！烦死了！”忍将车子停在半道上，转过身子，朝向教练，“喂，你一直抱怨来抱怨去的，到底想干吗？我是来学开车的，当然开不好。教我开车是你的工作，不是吗？你态度能不能好一点？你又不是什么都没拿。我为了学开车，花了大笔的钱来这里。我是顾客，你却臭骂我，把我贬得一文不值，还骂我笨。我可不会任你骂个没完！”

忍怒气冲天，气势汹汹，吓得教练也畏缩了。迄今为止，他从未被学生这样大声斥责过。

“不，那个，不是那样的。”

“不是那样的？你刚才可真威风，又不是就你们一家驾校！”

"我只是想让你学会开车……"

"你在旁边一直骂骂咧咧的，我不可能学会。花钱来找骂，这也太不划算了。这辆车的车号是十四号吧？我可以召集所有来这里学车的人，抵制十四号车。到时候你一定会被炒鱿鱼！"

"我知道了，知道了。我，那个，刚才说得有点过分了。"

"不是有点过分，是极其过分。"

"啊……对，是极其过分。之后你可以提醒我注意态度。别生气了。"

"是你让我生气的。"

"是我不好，我知道了，知道了。可以发动车子了吗？如果一直停在这里，别人会觉得奇怪的。"

"你真的知道了吗？"忍瞪了他一眼，打算再次出发。也许是由于过于兴奋，离合器的操作不太顺利，引擎熄火了。

"笨蛋……不是，那个……我觉得再轻踩一脚油门会比较好。"

"哎？啊，我知道。踩油门，松开离合器。这样不挺好嘛。你看，这样好好教，进展多顺利。"

教练长长地舒了一口气。"你是做什么工作的？"

"工作？现在在大学进修，本职是老师。"

"老师？"

"嗯，小学老师。教小孩子很辛苦的，如果像你这样只会摆架子骂人，根本行不通。"

"哎……小学老师啊？怪不得。"教练嘟囔道。

竹内忍之所以想要考取驾照，是因为她在新闻里看到最近儿童和老人因交通事故死亡的案例激增。以前她在大路小学工作时，也曾有孩子在学校遭遇车祸。她想，不能再让这种事情发生了。

要想让孩子免受交通事故的威胁，用传统的方式指导他们是不行的。身为教师，必须先了解汽车，把自己置身于交通战争[①]中，才能把握引起交通事故的根本原因——忍在电视机前扬起拳头，在心中发表了这段演说。

一旦有了想法，就会立刻执行，这是忍的优点之一。忍的公寓附近有一家“大阪格林驾校”，骑自行车就可以到达。忍第二天就去那里报了名。

驾校课程分为理论讲习和实用技术训练两部分。实用技术训练又分为四个阶段，忍现在学到了第三阶段。

这一天，忍结束实用技术训练，在下一堂理论讲习课开始之前，在等候厅学习交通法规。时间是晚上七点。由于她是在大学的课程结束后再来驾校，所以只能上晚上的课。

“哎呀，老师，你接下来要去上理论讲习课吗？”

忍坐在长椅上看着书，头顶上方突然传来声音。抬头一看，原田日出子正对着她笑。

忍也回以微笑，点点头向她道了声“晚上好”。

“老师，你今天的实用技术训练课上完了？”

日出子在忍的旁边坐了下来，屁股有忍的两倍大。明明已经十一月了，她还穿着短袖 POLO 衫，两只粗壮的胳膊从已经变松的袖口中露了出来。

“嗯，刚上完。原田太太你呢？”

“我也上完了，要回家了。不赶紧回去，郁夫会发牢骚的。那

---

①自 20 世纪 50 年代起，汽车数量急剧增加，交通事故伤亡人数持续上升，形成日本社会的一大危机，这一现象被称为“交通战争”。

孩子上了中学后越来越能吃了，买米都是一大笔花销。”

原田郁夫是忍教过的学生，现在已经是中学生了，但至今仍会和好朋友田中铁平一起，时不时去忍的公寓玩。

“前段日子听原田说中学的课程很难，最近他怎么样了？”

被忍这么一问，日出子像是咬了一整颗咸梅干似的，五官都扭曲了。“真是烦死了。那孩子从来不学习，请老师教训教训他。他那个样子根本考不上高中。虽然这么说不太好，但我觉得，他学习不好就是因为总和那个田中在一起玩。田中那孩子虽然挺有趣，但作为学习伙伴来说太糟糕了。啊，老师，我的这些话可千万不要和田中太太讲啊。”

“我知道，我知道。”忍点着头，差点笑出来。田中铁平的母亲前不久和忍说了几乎同样的话。

“先不说郁夫了。老师，你到哪个阶段了？”日出子探出身俯视忍放在膝上的课程表。教练在上面盖了章，可以明确知道目前进展到哪个阶段。

“终于进入第三阶段了……原田太太你呢？”

“你开始学的时间比我晚不少，现在已经到第三阶段了？果然还是年轻人学得快啊。我也到第三阶段了。临时驾照[①]的考试没通过，所以还要补课。我可不能让你看到我的课程表，太丢人了。”

日出子将课程表藏了起来，但忍还是瞥到了教练盖章的那一栏。红色的图章有好长一串，至少有三十个。第三阶段完成后才能考临时驾照，日出子上了至少三十堂课才完成，而学得快的人上十几堂课就能通过，可见她的技术相当不怎么样。不过忍自己

①日本驾照的一种，在拿到正式驾照之前，必须通过适应性测试取得这种证件才能进行上路练习。

也补了几堂课。

“开车真的太难了，为什么这么难？”

“也许是因为不习惯？”

“就算习惯了，还是没法开好。每次一看到图章的数量，我就火大。这得多花多少钱啊！”

“还是不要考虑钱的问题比较好……”

“话虽这么说，但家庭主妇肯定会在意这一点的，家人也会。郁夫居然说我学开车花的钱全部用来坐出租车还绰绰有余。真是讨厌。”

忍心情复杂地笑了笑。也许确实如此，她在心里说。

“总之，那个离合器我是怎么也搞不明白，换挡也很讨厌。”日出子不停地抖动着肥胖的左腿，“因为有那样一个东西，害我慌慌张张的。脚一动，手就不知道怎么办了，完全不能灵活行动。转弯的时候又要打转向灯，又要确认路况，手、脚、眼、头，怎么可能让它们一同活动嘛？我又不是食倒太郎[1]！”

“我也不擅长操作离合器。”

“是吧，是吧？”好像终于找到了同伴似的，日出子的眼睛眯成了一条缝，“那种复杂的东西，我一上来就出错，踩成了油门。”

“那也太危险了吧！”忍眼睛都瞪圆了。

“就是啊。所以我觉得，最好是把离合器卸了，所有汽车都换成自动挡才好。”

“听说也有专门的自动挡驾照。”

“我知道。不过既然特意花钱了，还是想拿到通用的驾照，要

---

①大阪道顿堀美食街的吉祥物，是一个一直面带微笑地敲着鼓的人偶。

不总感觉吃亏了。虽然我很努力了，但还是学不好。你说，究竟为什么要有离合器？”一直在大声说话的日出子声音突然变得极小，看来是不想让别人听到这个问题。

“因为换挡需要用到吧？”

“但是，换挡不是用手吗？挂一挡、二挡什么的，都是用手来操作。为什么还要踩踏板呢？”

“因为……”忍也不知道如何回答了。干脆这么说吧，其实她也不是很了解汽车的构造，只不过是教练让她踩离合器，她才踩的。

两人瞬间沉默了。

但没一会儿，日出子就振作起来了。“嗯，没用的东西就不会安在车上，既然安了，就有它存在的理由。”

“我想应该是这样。”虽然觉得她们之间的对话很牵强，忍还是如此回应道。

“话说回来，我刚才在那边听到一件事。”日出子将声音压低，指着停放驾校用车的停车场，“据说有脾气恶劣的学员。”

“哦？怎么个恶劣法？”

“好像是说教练的态度差，做出了激烈的反抗，还威胁说要让所有学员共同抵制那个教练的车。”

“……”

“听说是个女的。这个世界上还有个性这么强的人，我实在是佩服。”

“确实是这样呢……”

忍也不能说“那个人其实就是我”，默默地低下了头。

2

十一月七日，星期三，发生了一起抢劫案。

遭抢劫的是生野区有名的豪宅。豪宅的主人松原宗一是附近一带土地的所有者，最近也开始投资公寓。

强盗是在凌晨四点多来的。两个蒙面男子突然出现在豪宅二楼松原夫妇的卧室。松原宗一有两个儿子，次子已经结婚自立门户，未婚的长子因工作在美国出差。因此，那天晚上在这栋豪宅里的只有松原夫妇和一个女佣。

两个强盗似乎还带了手枪和刀。他们威胁松原夫妇后叫醒了女佣。

宗一说，我给你们钱。他乖乖按照强盗的指示打开了保险柜，那里存放着约两千万日元现金和价值约五千万日元的珠宝。强盗还把屋子翻了个底朝天，找到了宗一收藏的绘画和罐子等艺术品，算下来价值数千万，再加上现金和珠宝，被抢金额至少达一亿两三千万。

强盗用绳子把松原夫妇和女佣绑了起来，之后分工合作，拿着抢夺的财物逃之夭夭。那时已是早上六点多。

那天中午，碰巧有亲戚来松原家，这才发现松原夫妇，帮忙解开了绳子。他们立即报了警，但离强盗逃走已经过去了好几个小时，可以说几乎毫无线索。

以上事情经过，并不是忍从报纸上或电视上看到的，而是从原田郁夫口中听说的。原田家和松原家只隔了数十米远，位于同一个街区。

“一亿两三千万，这是怎样一个数字啊！像我们这种平民百姓，一辈子也不会和这么多钱有缘的。有钱人居然把这么多钱一股脑儿地放在家里。”比起抢劫案，原田似乎对被抢金额更感兴趣。

“那是当然了。那一带的土地不都是松原家的吗？我老爸说，如果把那些土地换成钱，值好几十亿呢。我老爸那个人，每天都会发牢骚，说松原家趁着战后一片混乱，用阴险的手段几乎没花什么钱就得到了那片土地。都怪那些政治家无能，才会变成这样。”一旁的田中铁平边说边吃着蛋糕。

原田和田中放学后直奔忍的公寓，跟她讲了这起抢劫案。他们十分清楚，忍一旦听到这种事，就抑制不住她那爱凑热闹的性格，会为了催促他们继续讲下去而请他们吃蛋糕、喝红茶。

“强盗也是瞄准了大户人家啊。”忍自言自语般地小声嘟囔道。

“那当然。”原田回答道，“既然下定决心拼一把，当然要找有钱人家。如果是来我家，那什么也抢不到。”

“我家也是，说不定强盗比我家还有钱。”

“没人受伤吗？”

“好像没有。真是不幸中的万幸了。”

“嗯。不过话说回来，”忍将手放在下巴处，摆出名侦探的架势，“从时间上来看，强盗是在黎明时分从松原家出来的，应该会有一两个目击者才对。早上这个时候我家附近已经有很多人开始遛狗散步了。”

“可不能把这一带和我们住的街区相比哦。”田中笑了笑，“我们那边才不会有人养狗呢，因为狗粮还要花钱。”

“对啊，我妈妈常常趁我们不注意，偷偷省下买菜钱。”

“不过看你妈妈的体形，不像是节省伙食费的样子啊。”

“因为她优先考虑的是量，而不是质。只要是家人吃剩下的，不管是什么，她都会吃光。那马力简直和吸粪车有一拼。”

“你太恶心了。正吃蛋糕呢，不要说什么吸粪车。”

“我没在吃咖喱的时候说已经不错了。”

听着他们两人的傻话，忍站了起来。“说到原田的妈妈，我想起来一件事，我该出门了。”

“去驾校？”田中问道。

“对。今天终于要上路训练了，我得好好加油才行。”

昨天考临时驾照，忍一次就通过了。

“啊，一想到那个我就头疼。”原田皱紧眉头，抱着脑袋，“像我妈妈那种反应迟钝的胖子，永远也学不会开车。她不接受教训，非要坚持，净补课，钱全让她打水漂了。”

“但是你妈妈很努力，昨天考临时驾照也通过了。”

“可那已经是她第三次考了。”

“不管第几次，总归合格了，不是吗？很了不起啦。”

当日出子知道自己的名字在合格名单中时，那兴奋的样子让她旁边的忍都觉得不好意思。她竟然哇哇大哭起来。

“我妈妈花了比别人多一倍的钱才合格。如果把那些钱给我，我就可以买新的CD和游戏了。而且老实说，我妈妈就算拿到了驾照，也没什么屁用。我和我爸爸已经宣布，决不坐我妈妈开的车。”

“你这么说，你妈妈也太可怜了。”

“可怜的是我才对。”原田可怜巴巴地说。

“老师，你拿到驾照后会买车吗？”田中一副提心吊胆的样子，问道。

忍用力点了点头。“当然要买了。我要买一辆红色的车，淑女和天际线都不错。买到后我要开车到处兜风，让世上的司机都看看什么才是驾驶的典范。”

“哦。”

“到时候，你们也可以来坐我的车。”

“啊，我们该回去了。”田中给原田使了个眼色，站了起来。

忍鼓起腮帮，瞪着田中。

3

临时驾照考试之后，忍没有再和日出子碰过面。在上路训练的第三天，她们在等候厅遇到了。

“实际上路后，感觉怎么样？”忍以这个问题代替了打招呼。

日出子摆了摆手。“之前练习的时候，不那么在意周围的状况也还没什么，实际上路后，必须要留意其他车子，好紧张啊。”

“我也有这种感觉。尤其是车子多起来后，完全不知该怎么办。”

“就是就是，我也一样。”日出子赞同地点点头，“是不是很想去车稍微少一点的地方好好练习？大阪的车太多了，对考驾照的人很不利。”

忍觉得她的话太有道理了。大阪的路况很不好，到处都是不遵守交通规则的车，如果能在大阪拿到驾照，那么在其他任何地方开车应该都没问题了。

“而且，坐在旁边的教练一直骂人，更让人紧张。”

忍说完，日出子的表情明朗了起来。“在这一点上，我倒是没什么问题。”

“哎，为什么？”

日出子向忍的方向挪了挪屁股，用手掩着嘴。“因为我发现了一个亲切的教练，车号是三十二。就算我犯了错，他也不会冲我发牢骚，而是很亲切地教我。而且——”日出子的声音更小了，“还是个帅哥。”

有那样的教练吗？忍有点不甘心。她上了两次上路训练的课了，每次遇到的教练都是冷漠的中年男子。

“但是，也不一定每次都能遇到喜欢的那个教练吧？”

“我碰巧连续三次都是那个教练。”

“哎，那真是很少见啊。”

“所以啊，我想了个法子。”日出子眼中透出淘气，看向服务台。那里负责管理学生的训练时间，还有办理实用技术训练时的配车手续。“我和办理配车手续的人商量好了，以后也要优先为我分配三十二号车。办理手续的工作人员说，既然是我要求，会尽力去办。”

日出子补了那么多堂课，应该已经和驾校的工作人员混熟了，也算是驾校的老主顾了。

“这样就可以开开心心地上课了。我一定要好好努力，通过考试。”日出子攥紧胖胖的拳头，做了一个加油鼓气的姿势。

第二天晚上，忍在家接到了日出子的电话。

“告诉你一件有趣的事。”日出子似乎是用手捂着听筒在说话——也就是说，那是一件她不想让家人听到的事，“老师，你想不想参加特训？”

“特训？是什么运动吗？”忍问。

日出子哈哈大笑起来。“我才不会去参加什么垒球特训呢，肯定是开车特训啊。我想明天清早趁着路上还没什么车的时候去练习。书上不是说了嘛，挂上‘临时驾照练习中’的牌子，就可以练习了。”

“这我知道，但是我们不能随便开车上路啊。”

她们必须在持有驾照的人陪同下才能上路。

“不用担心，我们有强大的伙伴。那个人很专业。”

“专业……难道是……”

“就是三十二号车的教练，姓若本。是他问我要不要来个特训。”

“哎——”那个姓若本的男人不会是对日出子有意思吧？这个想法在忍的脑海中闪过。

“他说车也可以为我们准备好，平时可没有这种好事。机会难得，我想和老师你一起去。”

“这样啊，太谢谢啦。但是，具体怎么安排呢？”既然是拜托专业教练，那么肯定不是免费的吧？

日出子似乎察觉了忍的心思，说道：“他说只是上班路上顺便教我们，不会收钱的。”

“那请务必带我一起去。”忍当即回答。

第二天清晨五点半起床后，忍就骑着自行车出发了。约定的地点是距离日出子家一千米左右的公园。因为不能让日出子的家人知道，所以不能在她家门前集合。

忍到达约定地点时，日出子已经到了，身边停着一辆白色的丰田 Mark II。站在车旁的应该就是那个姓若本的男人。他年纪在三十五左右，确实是个美男子。

“麻烦你了。”相互自我介绍后，忍鞠躬说道。

“哪里哪里。”若本回答，有些心不在焉，好像在想着其他事。

特训进行了大概一个小时。不过，实际上忍只在最后的十五分钟左右才握到方向盘，因为大部分时间都是日出子在特训。忍虽然很不满，但坐在后座看到日出子开车的样子时，觉得也情有可原。日出子的车技实在太差了，就如同她之前说的那样，无法同时做出两个动作。一旦换挡不顺利，她就立刻去看手，不顾前方，也不管方向盘。若本每次都做好了拉手刹的准备。

虽说练的时间短了点，但这次特训对忍来说还是很有意义的。由于是清晨，又选择了车流量小的路段，沿途几乎没有遇上其他车子。之前想做而没法做的事，都可以尽情去做。忍觉得似乎对开车有了信心。

和若本分开后，忍再次感谢日出子邀请她参加特训。

或许是练习充足，日出子的脸上洋溢着满足感，红通通的。她摇摇头说："学车就是要和志同道合的朋友一起才开心。"

"嗯，实在太开心了。"

"而且今天我也稍稍安心了。"

"安心？"

日出子用她那一如往常的淘气眼神看着忍，脸上浮现出意味深长的笑容。"一直以来，我总在想，为什么只有我开不好车，为此非常烦恼。但是今天看到老师你开车的样子，我就安心了。啊，原来你也学得很辛苦啊。"

"……"忍说不出话来。

日出子从容不迫地握住了忍的手。"老师，让我们'开不好车二人组'一起加油吧！坚持特训，争口气，让那些开车高手看看。"

忍很想抽出手，但日出子的力气大得出奇。

4

第二天接着特训。日出子依然夺走了大半时间，忍不太开心。她觉得虽然日出子的开车技术更差，多练练也无可厚非，但自己的技术其实也好不到哪里去，于是着急起来。忍暗下决心，明天一定要先坐到驾驶座上。

与日出子道别后，忍回到公寓，又遇上了不开心的事。她的房间在一楼，房门面向道路，门口竟然出现了不得了的东西。

是狗屎。

忍一瞬间愣住了，伫立在狗屎前。

为什么这种玩意儿会出现在这里……

紧接着，怒火开始往上冒。原因显而易见——狗在门口大便了。可她近来并没有在附近看到野狗的身影。仔细一想，她出门练车的这段时间，正是人们遛狗的时间。一定是狗的主人没收拾干净就走了。

到底是谁干的！

忍环视周围，没有看到遛狗的人，即便看到了，也无法判断那个人的狗就是罪魁祸首。

第二天，忍出门时，将家门口好好检查了一番，没有发现异常。

昨天，忍强忍着难闻的臭味，收拾了那堆狗屎。拜它所赐，忍总觉得那股臭味在鼻尖萦绕不散，一整天都不愉快。

忍跨上自行车，回了好几次头才出发。途中她看到两个遛狗的人，都拿着塑料袋，但她仍用怀疑的目光看着他们。对方表情讶异地快步离开了。

嗯，今天应该不会再出现那玩意儿了吧？像是在说服自己，她嘟囔了一句，然后用力蹬起了脚蹬。

然而，结果完美地辜负了她的预想。特训完回来后，在几乎和昨天一模一样的地方，摊着一堆一模一样的狗屎。

这天夜里，忍给日出子打了电话，告诉她明天不去特训了。日出子问她原因，她回答："因为有点无聊的事。"

真的是无聊的事。放下听筒后，忍自言自语道。

虽然没有特训，但第二天忍还是早早就起床了。不用问，当然是为了监视门口的情况。到底是谁做出这么缺德的事！她想当场逮住那个人，严厉教训一顿。

忍搬来一把椅子放在门后，从门镜窥视外面的情况。牵着狗的人一个接一个地出现。每次一有人出现，忍都紧紧地盯着，但那些人都只是路过而已。只有一只狗在对面的电线杆旁撒了泡尿，但看起来并不是留下狗屎的罪魁祸首。而且，对忍来说，电线杆被弄脏也没什么大不了的。

就这样过了一个半小时，忍最终也没能抓到那个人。看来今天是不会出现了，不过没关系，还有明天呢。

忍放弃监视，正准备去做早餐时，电话响了。才早上七点半。

"谁啊，这么早打电话来。"她嘟囔着拿起听筒，"你好，我是竹内。"

"啊，老师，是我，原田。大事不好了！"

"怎么了，那么慌张？到底发生什么事了？"

"出车祸了！我妈妈出车祸了！"

5

从原田郁夫那里得知日出子出车祸的消息后，忍立即前往医院。原田和他父亲一脸担心地坐在候诊室。原田说，日出子做完X光等检查后，让父子俩向竹内老师询问详细情况，因此原田给忍打了电话。现在，日出子正在接受警察的询问。

“也就是说，没受什么严重的伤吧？”忍总算放了心，向原田确认道。

“妈妈没什么事。可是，坐在她旁边的那个男人，情况好像不大乐观。”

“老师，这到底是怎么回事？”原田的父亲一筹莫展。

忍把三天前开始特训的事告诉了他。

“居然做这种蠢事！”他生气地说，“不是光靠特训就能开好车的，需要积累经验，慢慢熟练。”

“非常抱歉。”忍觉得自己也有责任，低下了头。

“不不，老师你不必道歉，是我老婆不好。”原田的父亲痛苦地摇了摇头。

不一会儿，日出子跟着警察过来了。平日里活泼的她今天看起来很低落。

“日出子，你都做了些什么啊……”原田的父亲看上去很激动，话都快说不出来了，紧握的拳头直哆嗦。

“对不起，老公。我没想到会闯下这么大的祸……”日出子用手捂着脸，如少女一般哭泣起来。

“也就是说，车祸的原因是原田太太在该停车时没有停车。”

“嗯，就是这样。”新藤抱着胳膊沉吟道。

他们四人坐在忍公寓附近的一家咖啡店内。田中铁平坐在新藤身边，一脸老老实实的表情。原田郁夫则坐在忍的身边，把头垂得低低的。

“有难度。说到底还是原田太太的责任。”

“请帮忙想想办法吧！”田中说。

新藤摇了摇头。“我要是能决定，也许还能想想办法，但做出决定的是法院啊。”

这次轮到忍沉默了。

车祸经过看似简单，但如果换一个角度，也可以说挺复杂。首先，车祸的原因是日出子没有在该停车让行的地方停下来，可她并不是没看到标志，而是弄错了刹车和油门。

日出子驾驶的车没有停下来，一溜烟地穿过马路。右侧正好有一辆小客车飞速开了过来，由于速度太快没法立刻停下来，从右后方撞上了日出子的车。在冲击下，日出子的车滑向左侧，撞上了电线杆，副驾驶座一侧被撞瘪了，若本身受重伤。

麻烦的是，对方驾车逃逸了，因此，现在无法掌握真正的情况，也难以明确责任划分。

原田拜托忍帮帮他母亲，但忍不知如何是好。迫不得已，她只好找老朋友新藤商量对策。新藤是大阪府警搜查一科的刑警，但这起案件由交通科负责，和新藤完全没关系。

新藤也认为，这样下去对日出子很不利。

“总之，原田太太的运气太差了。”忍叹了口气，说道，“按理说，那个地方根本不可能会发生车祸。那附近都是印刷厂的仓库，早上几乎没有来往的车子。”

“逃逸的司机难道没有任何责任吗？”田中不满地问道。

“当然有。他没有注意前方的路况。在这种情况下，双方都有责任，但我想法院可能认为原田太太的过失更大。”

新藤说完，原田无力地垂下肩膀。“果然让我妈妈开车就是个错误。”

“我不这么认为啊。”

“不过，老师没有卷进这起车祸真是太好了。你那天没去特训吧？”新藤说。

“嗯，我那天正好有点事。”忍把狗屎的事告诉了大家。

如果是平时，这件事肯定会让他们哄堂大笑，但此时此刻，大家都是一副严肃的表情。

“原来是这样，老师被狗屎救了。”田中感慨道。新藤和原田也连连点头。

“从那以后，我就没再看到狗屎。我也觉得真是走了狗屎运。”

忍这么一说，似乎更突显了日出子的不幸。气氛更加沉重了。

一阵短暂的沉默之后，新藤抬起头来。“有件事我有点在意。”

“什么事？”

“狗屎的事。那真的仅仅是巧合吗？”

忍看着新藤，问道：“新藤先生，你想说什么？”

“我总感觉过于巧合了。老师你和原田太太一起参加特训，第二天、第三天你就在家门口发现了狗屎，于是没有接着去特训，而是在家监视。就好像等着这一天，车祸发生了——也许根本不是‘好像等着这一天’，而是‘就等着这一天’，很可能是有人为了不让你去特训，故意在你家门口放了狗屎。”

“谁会做这种蠢事？真要这样，这起车祸就是有预谋的了？”

“有这种可能。这样一来，就可以解释为什么平时很少有车来往的路段，会在那天早晨出现急速行驶的车。应该是有人故意撞上去的。”

“但这不就成了谋杀吗……”

“是的。”新藤直言道。

“你居然说‘是的’……”

“要不试着调查一下吧？虽然是我一时想到的，但我越来越觉得事有蹊跷。”

“等等，我们先整理整理。凶手是想杀掉谁？是原田太太，还是若本先生？”

“目前还不清楚。两个人都想杀掉也说不定。不过，看来凶手不想把老师你牵扯进去，才想到了狗屎的策略。”

田中“嗯”了一声。“如果是这样，原田阿姨是不是就无罪了？”

“是不是无罪还不确定，但肯定可以减轻很多责任。”

“太好了！”田中拍了拍手，抓住新藤的胳膊，“大叔，拜托了，请无论如何按这条线索再查查，抓住凶手。”

“现在也只是猜测。不管怎样，首先要找到那辆逃逸的车。”

“不能从狗屎开始查吗？”原田嘟囔了一句。

“虽然狗屎也是线索，但要怎么查呢？”新藤反问道。

原田低下了头。忍还是第一次见到他这样的表情，很想为他尽一份力。

“我去驾校打听一下若本先生这个人。我觉得凶手的目标不是原田太太。”忍说。

新藤点点头。“虽然不知道能查到什么程度，但我也去搜集搜集线索，回去和前辈漆崎商量一下。”

如果得到他的前辈漆崎的帮助，这件事就更有把握了。

“我们可以做些什么吗？什么都不做，心里总觉得缺点什么。”田中问。

新藤盯着天花板，说：“既然你都这么说了，那就去帮我找找看吧。”

“找什么？”

“还用问吗？”新藤坏笑着，“狗屎。”

6

前方数十米处的交通信号灯还是绿色的。差不多要变成黄灯的时候是最难把握的时机，虽然看到黄灯就停是常识，但有时却必须开车通过。

忍正这么想着，信号灯变成黄色了。她缓缓踩下刹车，完美地停在停车线后。

“好，越来越熟练了。左转时要注意慢一些。”秃头教练说。或许是忍的开车技术提高了，又或许是之前冲他发火有了效果，教练的语气变得很平静。

“我想打听一件事——和开车无关的事。”

“什么事？”

忍向他打听若本的情况。

教练们当然知道车祸的事情。秃头教练一听原田日出子和忍认识，便露出稍显不悦的神情。“太蠢了。教练免费教人开车这种事，我就没听说过。”

“若本先生是一个怎样的人？”

“是个不怎么引人注目的人。听说以前想当赛车手，失败后就做起了驾校教练。他没有家人，也没见过他有什么亲近的人。”

“最近他有什么奇怪的地方吗？”

“想不起来了。”教练疑惑地问，“为什么问这个？”

“我觉得那个人很帅。”忍回答。

“哦，不好意思，我是秃头。”秃头教练摸了摸脑袋。

上路训练结束后，忍去服务台预约下一堂实用技术训练课。负责配车和安排时间的，是一个戴眼镜、瘦瘦的中年男人。忍办完预约手续后，向男人打听起若本的情况。

“我和他几乎没什么交集，对他一无所知。”男人一脸歉意地说道。

“但是，为原田太太优先预约三十二号车的人，就是你吧？”

“那是因为原田太太拜托我……那个，还请不要和别人说这件事，不然我会有麻烦的。”男人乞求道。

回到公寓后，忍给新藤打了电话。

“很遗憾，毫无收获。”新藤接起电话就如此说道，“完全找不到有关逃逸车辆的线索，若本又还在昏迷。我也找前辈漆崎商量了，但他说以现在的状况看，很难与谋杀联系到一起。”

“这样啊。”忍感觉自己的声音都低沉了下去。

“别那么消沉啊，一点都不像你。没关系，只要若本醒来，一定可以了解到一些情况。抱着这样的信念再等等吧。”

“好的。”忍振作起来，充满活力地回答。

7

田中铁平和原田郁夫相约早上六点在公园见面。两人都骑了自行车。他们把车骑到忍的公寓，将自行车停好后，再步行去公园。他们这样做，已经是第三天了。

“这样真的有用吗？”原田低着头边走边问，不过他并没有垂头丧气。

田中也低着头。“我也不知道，但总比什么都不做强。如果找到了，我们可就掌握了重大线索。”

“不过话说回来，我从没想过，都是中学生了，还要找狗屎。”

“嗯，同感。”

“不好意思啊，田中，让你陪着我干这种事。”

“别这么说。对了，阿姨怎么样了？振作起来了吗？”

“她那种性格，怎么可能一直闷闷不乐想不开？只是我爸爸很消沉，若本的医药费都得由我家来承担。”

“唉，那可真够呛啊。”

“不过，若本没有家人，因此没有人来争论不休。这是唯一值得宽慰的了。”

“是啊，这也算是一种幸运吧。”

他们俩和前两天一样，一边走一边检查着道路的每一个角落。就像原田说的，他们在找狗屎。

新藤说，凶手把自己养的狗带到忍家门口的可能性不大，应该是凶手从哪儿捡了狗屎再放到她家门口的。也就是说，在忍的公寓附近，肯定有能捡到狗屎的地方。

“这么认真地找才发现，狗屎也挺难找的。”田中说。

“不想找的时候，倒总能看到。”

“而且一不留神就会踩到。”

“田中，你以前就踩过狗屎。”

“嗯，当时朋友一整天都不敢靠近我——今天去那边看看吧？”

他们选择了一条和昨天不同的路线。虽然是清晨，还是时不时有车子穿过马路。

“交通事故真可怕，这次我切身地体会到了。”原田的声音听上去很消沉。

“怎么连你也这么气馁啊。”

“嗯，我知道了，我一定要打起精神来。田中，给我讲几个笑话吧。”

“突然让我讲笑话，我也讲不出来啊。嗯……这个怎么样——有一天，一个大阪男人和他从乡下来的朋友进了一家咖啡店，大阪男人向服务员点了柠汽。”

“嗯。”

“朋友听后，问他柠汽是什么。他回答说是柠檬汽水，在大阪，人们都喜欢用简称。朋友想要奶油苏打水，以为必须用简称，于是对服务员说‘请给我大便[1]’。结果，服务员不慌不忙地端来了咖喱饭。怎么样，有趣吗？”

原田笑了，但表情复杂，五官都有点扭曲了。“如果是平时，我也许会哈哈大笑，但现在听到大便的笑话，实在笑不出来。”

---

①日语中，“奶油苏打水”写作“クリーム·ソーダ”，缩写后为“クソ”，意为“大便”。

“这样啊，选错素材了。”田中陷入沉思。

“喂，那个是不是？”原田突然说道。

在几米外的一个塑料桶旁，有一堆圆圆的狗屎。两个人仔细观察后，按响了塑料桶主人家的门铃。开门的是一个看起来年过四十的阿姨。

“那个，您好，我们是北生野中学的学生。请问可不可以协助我们做一下课外研究？只要回答几个问题就好。”田中说出事先准备好的谎言。

大人一般对中学生的课外研究很宽容。这位阿姨回应道：“什么问题呢？”

“我们的课题是维持街道整洁的方法，所以现在正在调查狗屎……粪便污染。我们经过这里时，看到您家的塑料桶旁有狗的粪便。”

“啊，今天又有了吗？”阿姨冲出家门，看到狗屎后皱起了眉头，“真是的，每天都这样。虽然我有时候会看着，但稍不注意就又有了。太气人了！”

“每天都有吗？”原田问。

“几乎每天都有，真希望有人能解决解决。前两天没了，我还挺开心的。”

“哎，前两天？具体是什么时候？”原田趁势追问。

阿姨歪着头想了想，给出了回答。没错，和忍家门口出现狗屎的日期一致。

“太好了！”田中喊道。

阿姨吓得眼睛都瞪圆了。

8

“狗屎是线索？怪不得我从这起案件中闻到了臭味。”漆崎跷着小短腿，靠在椅背上。

“现在可不是耍贫嘴的时候。有什么解决的办法吗？”

“现在还没断定是谋杀，我们也不能轻举妄动啊。”

“果然是这样。”新藤挠了挠头。在原田他们的努力下终于找到线索，说明那起车祸也许是人为的，却无法再进一步。

“车祸有没有不自然的地方？”漆崎问。

“我在生野警察局交通科有熟人，我问过他，看起来并没有什么问题。现场的车胎打滑痕迹也和原田日出子供述的情况一致。”

“看来，从这方面突破不可行。”漆崎好像有些在意他的胡楂儿，摸了好几次下巴。

“但是有一点很奇怪——车祸现场有一把锤子。”

“锤子？”

“嗯，铁锤。”

“废话，我当然知道。锤子在现场的什么地方？”

“在被撞坏的车门附近，而且不止一把。调查后发现，座位底下还有一把。”

漆崎眨眨眼睛，扭了扭脖子。“开车应该用不到锤子啊。”

“这一点我也问了交通科，他们认为车上有锤子并不奇怪。当车子坠入河流或大海的时候，需要用锤子敲碎风挡玻璃，所以车上有把锤子比较安全。不过有两把的话，就不得不让人疑惑了。”

“两把锤子啊……”漆崎夸张地歪了歪脑袋，拿着上衣站了起来，“走吧。”

“去哪儿？”

“这还用问吗？去若本家啊。也许能找到些线索。”

若本租的是一栋两层木结构公寓中的单间。漆崎联系了管理公寓的房屋中介公司，让工作人员拿着备用钥匙过来一趟。

“听说他出车祸了。他也没有家人，真是不容易啊。”留着一小撮胡子的工作人员说。

“他一直是一个人吗？”

“不是，刚搬来的时候是有老婆的，大概是在五六年前。结果第一年他老婆就得癌症去世了……真可怜啊。”

工作人员领着两个刑警上了二楼。最边上的那间就是若本家。

“话说回来，你们也很辛苦啊。他本人昏迷不醒，你们只能来他住的地方调查，对吗？”

“嗯。”漆崎含糊地回答道。如果被人知道他们擅自调查，那可就麻烦了。对于漆崎来说，在这种情况下适当糊弄一下并不是什么难事。

工作人员用钥匙开了门。新藤进屋一看，不禁愣住了。有人来过若本家，将这里翻了个底朝天。

“前辈……这到底是怎么回事？”

“嗯……”漆崎走了进去，环视屋内。壁橱是开着的，五斗橱和桌子的抽屉都被人拉了出来。榻榻米上散乱地放着各种各样的东西，连下脚的地方都没有了。

“这是谁干的？”

“我怎么知道。不过，现在几乎可以断定那起车祸不是单纯的意外。”漆崎双手叉腰，点了点头，然后将目光停在靠墙的榻榻米上，蹲了下来。

“怎么了？”

“你看，这是什么？”漆崎用指尖捏起一个米粒大小的深红色块状物。那东西看起来像黏土一样。

“这是什么呢？”新藤也很不解。

“虽然只要让同事来鉴定一下就能知道，但我们是擅自行动，要办手续，很麻烦。没办法，还是老实和组长说了吧。我们俩一起挨批。”漆崎正要伸手拿电话时，电话响了。他吓了一跳，瞬间把手缩了回来，然后才战战兢兢地将听筒放在耳边。“是，这是若本先生的家……啊，不，我是警察。啊？您是从医院打来的？不，若本先生没有亲戚。哎？真的吗？”漆崎用手捂住听筒，对新藤说，“喂，若本死了。”

9

“那个若本先生是强盗？”忍眼睛都瞪圆了。

“就是这么回事，实在是太出人意料了。不过，多亏了这件事，我和前辈擅自行动的事才逃过了上司的臭骂。”新藤看起来心情不错，应该是歪打正着立了功的缘故。今晚他请忍吃牛排。

新藤说，漆崎在若本屋子里拾起的那块像黏土的东西，其实是油画颜料。经专家鉴定，是很有年头的东西。多番调查后，确定那绝不是若本的，怀疑是他偷来的赃物。他们想起最近发生在生野区的抢劫案。鉴定了颜料的成分后，几乎可以断定，那就是被盗画作上脱落的颜料。

“但是，接下来才是关键。”新藤停下将牛排送入口中的动作，说，“可以确定强盗有两个人，若本还有一个同伙。那家伙参与制造了那起车祸，然后把若本的房间翻了个底朝天，拿走了现金、珠宝和画作。一定要抓到那个人。”

“有什么线索吗？”

“有。”新藤自信满满地点点头，“话说回来，关于那起有预谋的车祸，你认为谁是凶手的目标？是若本，还是原田太太？”

“应该是若本吧？”

“我们的推理是，凶手的目标并非若本，而是原田太太。”

“啊？”

“你也知道，原田太太就住在发生抢劫案的松原家附近，会不会是案发当天她碰巧目击到若本他们逃跑？”

“可原田太太从没和我说起过这件事。”忍惊讶地眨眨眼。

“我认为，她本人没有意识到这件事，是若本他们以为被她看到了。若本他们逃跑的时候很可能把面罩摘了下来，但那时他们应该没有太担心，因为虽然警方可能会根据目击者的描述画出人像，但老实说，那种东西没什么用。”一丝苦笑浮上新藤的嘴角，“然而令若本没有想到的是，目击他们逃跑的那个女人竟然是驾校的学生，而且还好几次都来坐他的车。于是若本有些犹豫，他无法判断这个女人是回想起了他的长相而特意坐他的车，还是什么也不知道。即使女人当时不知道，若本也担心她之后会在某个契机下突然想起来。于是，他决定让这个女人消失。”

“所以才有了特训。”

“我觉得就是这么一回事。他们的计划是这样的：当原田太太的车开过停车线时，同伙就故意撞上去。本来的计划是撞向驾驶座一边，死的应该是原田太太。虽然若本和他的同伙也会多少受点伤，但因为是事先计划好的车祸，他们早已做好了预防措施。可他们没算准的是，原田太太的开车技术差得超乎若本的想象。她误把油门当成刹车踩了下去，结果演变成了预料之外的事故，若本成了那个被撞死的人。”

原来开车技术差也能救自己一命啊，忍发自内心地感叹起来。“若本也是罪有应得。”忍连连点头，“但是，这并不是可靠的杀人手段，原田太太不一定会死啊。”

“他们应该也想到了。若本的车上备了锤子，如果原田太太没死，他就会用锤子给她最后一击。”

“好残忍啊！”忍歪着嘴，鼻子都皱了起来。

“但有一点还没有找到合理的解释，就是为什么会有两把锤子。其中是否别有深意，现在还在探讨中。”

“总之，那起车祸以现在这种解释是说得通的。”

“是的。我们希望原田太太可以想起一些关于强盗的事情。”

“请费心帮忙抓到凶手。如果这起车祸背后是一起谋杀案，那么原田太太的过失会有一些转圜的余地。”

“就交给我吧，接下来只是时间的问题了。”新藤拍着胸脯保证。

然而，事情哪能如此简单！第二天，新藤和漆崎去找原田日出子，可她说完全不知道强盗的事。

“我们并不是问你有没有看到强盗，而是问你那天早上做了什么。因为那天早上，你应该在某个地方和强盗有过近距离接触。”

漆崎说得唾沫横飞，但日出子还是摇头。“不可能，那天早上我身体不舒服，一直在床上躺着。”

“啊？”漆崎一时语塞，和新藤对视了一眼，“这……到底是怎么回事啊？”

10

“原田太太说她什么也没看到？为什么会这样？”

“我也不知道。”

“既然如此，凶手就没有杀原田太太的理由了。”

“确实如你所说。”

“那么，结果究竟是什么？”

“现阶段只能定性为普通的车祸了。”

“绝对不是那样！”忍拍着桌子说道。因为是在自己家，所以她可以尽情怒吼。而被她怒吼的，是新藤和漆崎。从刚才开始，他们二人就轮流向她低头道歉。

“还有狗屎的事。绝对是计划好的。”

“但是啊……”新藤小心翼翼地开口。

还没等新藤说完，漆崎便说道：“我想来想去，只有一个可能。那两个强盗中，有一人想利用原田太太杀死同伙。凶手利用原田太太住在松原家附近这一点，和同伙说这个女人也许看到了他们的脸，并提出了杀人计划。表面上是要杀死原田太太，但真正的目标是同伙。”

“那么是若本被骗了？”忍问道。

“应该是这样。”新藤也表示同意。

然而漆崎面露难色，双手抱在胸前，嘟囔道：“如果若本是杀人计划真正的目标，那么凶手直接撞副驾驶座一侧，不是更有把握吗？”

“哎？啊，确实呢。”新藤点点头，看来他直到现在才意识到这一点，“也就是说……情况恰恰相反？”

“嗯，我认为是若本想要杀死他的同伙。”

“嗯，确实也有这种可能。”

“但这只是咱们的分析，并没有决定性证据。一切只是想象，说说罢了。”漆崎用双手搓搓脸颊，又啪啪地拍了拍。

“就像前辈说的，若本只是利用原田太太。但是，他为什么非选原田太太呢？”

“因为发生抢劫案的松原家和原田家距离很近。”

“这一点是没错。但若本很顺利地接近了原田太太，甚至亲近到早晨特训的程度，这并不是一件容易的事。”

“啊，那是因为原田太太指定要若本指导她。最开始连续三次坐若本的车，原田太太就对他很满意……”说到这里，忍觉得越来越不对劲，明明有那么多教练，却连续三次都坐同一辆车，实在不自然。“难道……”

忍双手拍了一下桌子，漆崎吓得跳了起来。

11

清晨六点。不出所料，驾校果然没什么人。

忍没有去办公楼，而是直奔停放驾校用车的停车场。同样型号的车整整齐齐地停成一排。

一个男人从位于角落的车子后慢吞吞地走了出来。“有事吗？”他露出警惕的神色。

忍与他对视着，说道：“我代原田太太来的，她现在行动不便。”

昨天晚上，忍请原田太太给这个男人打了个电话，说明天早上六点想和他见面，做一笔交易。这么一说，男人应该就能理解个中含义了，因为他在入室抢劫后，以为日出子看到了他的脸。

“哦……有什么事吗？这么早把我叫到这里来。”

“有什么事你应该很清楚吧？原田太太和你在哪里见过面？还请你回想一下。”

忍刚说完，男人突然迅速转过身，然后缓缓回过头来。“多少？”

“啊？”

“我问你想要多少钱。你不就是为了那件事来的吗？”

只要听到这个就足够了。忍缓缓举起一只手，与此同时，从入口处驶来一辆蓝色的车子，停在一脸茫然的男人跟前。漆崎和新藤从车上下来，田中铁平和原田郁夫则坐在车后座。

“你、你们，干、干什么？”男人结结巴巴地说道。

新藤和漆崎拿出警察手册，走到他面前。“别想抵赖。”

男人看向忍，叫嚷道：“混蛋，你骗我！”

“老实点！”新藤说道。

但男人没有老实就范。他拿起一旁的扳手，朝新藤扔了过去。扳手砸中了新藤的额头，血瞬间流了出来。

“呀，新藤先生！”

就在忍跑向新藤的同时，男人跳上旁边的车，发动了引擎。

“啊，他要逃跑！新藤，你坚持一下，快去追他！”漆崎喊道。

“血、血流进眼睛了……”

“漆崎先生，他这样没法开车，你来开吧！”

“不行。”

“为什么？”

“我没有驾照啊。”

“啊？”

“我没事，我来开车。”新藤站了起来，但走起路来东倒西歪。

没办法，忍做出了决定。她从手提包里拿出口红，在新藤车的引擎盖上写上了几个大大的字——“临时驾照练习中”。

“喂，老师，你要做什么？”

“我要开车，快点上来！”

“这也太乱来了！”

“新藤，别啰唆了，上车吧。要相信老师！”

漆崎和新藤上了车，田中和原田拍起手来。“太好了，老师加油！”

“知道了。大家都系好安全带，要出发啦！”

熄火了。

“啊……老师，还是我来吧。”

“少废话，我说我开就我开！”

引擎再次发动，这一回，车子急速出发。轮胎摩擦地面，发出刺耳的声响。两个小鬼欢呼起来。

忍开上马路时，那个男人的车已不见踪影。忍果断将油门踩到底，清晨车流量很小，仪表盘的指针瞬间直指时速七十公里。

“好厉害，简直像在坐过山车！”

“南无阿弥陀佛，南无阿弥陀佛。”

“喂，新藤，还没做好心理准备？”

没多久，男人的车子远远地出现在前方。忍继续加速。就在快要追上时，对方一个左转弯，拐进了岔道。忍慌忙踩刹车，轮胎摩擦地面，发出一阵刺耳的声响，车身迅速调转方向。

“啊，这比过山车还可怕！”

“救命！”

调整好姿势后，忍再次追了上去。眼前这条路歪歪扭扭的，车速几乎没有减慢，所以车上的人跟着剧烈摇晃。最终，他们来到一个像是工地的地方。

“啊，老师，在那儿呢！”

听到田中的声音，忍看了过去，只见男人驾着车朝工地的另一侧逃去。

“都给我坐稳了！”

忍挂到低速挡，一口气冲过工地。工地上堆着沙石、木材和钢筋等建筑材料，所以必须避开它们前进。

“老师，不要勉强啊！”新藤叫喊着。就在这时，车子开始以惊人的气势爬上了瓦砾堆成的小山。

“啊，要翻车了！”

“死定了！”

就在大家的尖叫声到达顶峰时，车子扑通一声向下冲去。忍不禁闭上了眼睛。当她缓缓睁开双眼时，一辆车赫然出现在面前。

那个男人坐在驾驶座上，张大嘴，呆呆地看着她。

“太好啦，抓住他了！”忍对大家说。

然而，新藤他们全都和那个男人一样，脸色惨白。

12

“到底是怎么回事？”忍吃着巧克力冰激凌问道。

不用说，当然是漆崎和新藤请客。坐在忍旁边的田中和原田正吃着水果布丁。

“那家伙姓小林，是被若本唆使的。”漆崎开始说明事情的原委。小林就是在服务台管理配车的那个男人，是若本的同伙。“抢劫案也是若本怂恿他一起去的。不过，若本已经死了，小林也可能是知道死无对证，所以朝对自己有利的方向说。”

“想置原田太太于死地的事，他招了吗？”

“都招了。和我们的推理几乎一样。首先，若本告诉小林，他们抢劫那天，原田太太在现场附近看到了他们。当然，这是若本编造的谎话，他很可能是看到原田太太的住址后才临时起意的。听了若本的话，小林又吃惊又害怕，于是若本提议杀掉原田太太。他计划先和原田太太混熟，制造两个人单独相处的机会，到时再杀了她。小林参与了这个计划，他想办法让原田太太每次都坐到若本的车。”

忍连连点头。这一点确实很不正常，所以她当初才会对小林产生怀疑。

“混熟了之后，他们就制造了那起车祸。”

“没错。然而，他们没想到的是，你也跟着原田太太一起去了特训。他们一下子慌了，不知如何是好，后来就想到用狗屎来绊住你。”

"原来是那个男人干的好事！"忍咬着嘴唇。若本他们一连串的罪行简直令人发指，狗屎的事尤其让她咬牙切齿。

"那天你没去特训，他们俩便按照原定计划动手了。但是，若本又制订了一个小林不知道的计划。那就是，不仅要杀掉原田太太，还要趁机除掉小林。不，对若本那家伙来说，杀死小林才是真正的目的，因为这样他就可以独吞抢来的金钱和珠宝了。我认为，如果原田太太只是晕过去，若本并不打算取她的性命，但如果原田太太意识清醒，他肯定会杀人灭口。两辆车相撞后，双方司机都死亡的情况屡见不鲜，因此他特意准备了两把锤子。如果使用同一把锤子行凶，尸体上也许会留下另一具尸体的痕迹，所以他格外小心。"

"真是谨慎啊。"

"但事实并非如他所想。我已经向法医确认过了，被锤子砸死和在车祸中撞击头部致死是不一样的，这种伪造毫无用处。"

"什么嘛。也就是说，那个若本简直是自寻死路。"

"就是这样。这件事告诉我们，千万不能做坏事。"

"原田太太怎么办？"忍看向新藤。他的额头上贴着大大的创可贴。

"可能免不了一定的处罚，但我想应该只是未按规定停车的处罚吧。不管怎么说，是对方故意撞上来的。"

"真是帮了大忙。我替妈妈向你们道谢。"原田急忙鞠躬。

"扣分之类的处罚呢？原田太太还没拿到驾照呢。"

"等原田太太一拿到驾照，就会因为违反交通规则而受罚。更极端的情况是，一个人如果在拿到驾照前做出了会被吊销驾照的事，那么在他拿到驾照的瞬间就会被吊销驾照，也就是说，他暂时拿不到驾照。”

“哎，是这样啊。我完全不懂这些。”

“真是太险啦。像你那天那样开车，如果遇到交警，很有可能一拿到驾照就会因超速和危险驾驶被扣分。”新藤笑着说道。

“真是有惊无险啊。我拿到驾照后，一定安全驾驶。到时候各位再来坐我的车哦。”

忍刚说完，田中和新藤他们就都站了起来。“嗯，差不多该回去了。”

第三章

忍老师去东京

1

“第一个要去的地方当然是东京巨蛋了。虽然买不到正式比赛的票，但热身赛应该没什么问题吧。”田中铁平展开旅游指南说道。

从他身旁的车窗向外看，整座富士山映入眼帘。山顶上的积雪不多不少，丝毫未被云层遮挡。忍觉得，也许是平日做了不少好事，才能看到这样的富士山。

“既然特地去东京，就别看什么棒球了。去原宿吧，去原宿！年轻人就要去年轻人聚集的地方。”提出反对意见的，是田中的同学原田郁夫。他戴着随身听耳机，所以讲话声音很大。

“说什么呢，原宿和大阪的美国村没什么两样，但大阪可没有巨蛋[①]。”

“反正在巨蛋也是看比赛。最重要的一点是，我很讨厌巨人队。”

“所以我才说要去看巨人队和阪神队的对战啊。”[②]

“真是够傻的。专门坐新干线去看阪神队输球，太可悲了。”

---

①大阪巨蛋落成于 1997 年，而此书在日本的出版时间为 1996 年。

②在日本职业棒球界，阪神队（全称“阪神老虎”）是关西地区的代表队，东京的巨人队（全称“读卖巨人”）是其劲敌，两队球迷历来水火不容。

“也不一定会输啊。说不定会有奇迹发生。”

“不可能，不可能。我已经不抱希望了。”①

忍心不在焉地听着他们俩你一言我一语，打开包，想将刚看完的时刻表放进手提包里。就在此时，她的目光停在了包里装着的一封信上。那是中西雄太寄给她的，内容如下：

老师：

您最近好吗？我想您应该过得很好。我来东京已经一年了，还有很多不适应的地方，挺辛苦的，不过说话交流这方面总算适应了。刚来的时候，我说话和别人完全不一样，别提多不知所措了。东京和大阪的还境相差很大，有时我会想念在大阪的生活，好怀念啊。离开大阪后，我再也没见过大阪的朋友，大家的中学生活开心吗？很想听听田中和原田的趣事。但我目前不会回大阪，因为爸爸工作很忙，没时间带我回去。我也想过一个人回去，可是没有地方住。就算我说住在朋友家，爸爸妈妈也不会同意，还会骂我，叫我别说傻话，快去学习。老师，如果您有机会来东京，一定要联系我，我给您当向导。请保重身体，在大学要努力学习哦。

雄太

忍是上个月收到这封信的。不太妙啊——她读完后如是想。

中西雄太是忍以前在大路小学任教时的学生。雄太毕业后，

①阪神队在 1985 年夺得职业棒球日本锦标系列赛冠军后，连续 18 年在棒球联盟中排名倒数，失去进入这一顶级赛事的资格。

由于父亲工作的关系搬到了东京。忍现在在大学进修，没有任教，一直记挂着以前的学生。

读完雄太的来信后，出于教师的直觉，忍陷入了不安。信中所写的净是“曾经很好”，完全没有说现在也很好。或许雄太得了转校生常有的心病。

忍觉得最好去东京看看雄太，正巧机会就来了。忍从前上大学时的朋友在东京举办婚礼，邀请她参加。正值春假，时间充裕，忍立即决定去东京看看雄太。做事果断是她的优点。当她将此事告诉学生田中铁平和原田郁夫时，他们说也想去。

“老朋友说想见我们，我们怎么可以不理呢？我和原田还要为中西表演漫才，让他开心起来。”

“我打算住在朋友家，你们住哪儿？”

“总会有办法的。真要去了东京，我们可以住在中西家啊。”田中若无其事地说道。

之后，田中联系了雄太，商量好和原田两人一起住在他家。雄太家是豪宅，住两三个客人完全没问题。

新干线“光”号经过新横滨站，即将抵达东京站。忍从行李架上取下行李，穿上了外套。田中和原田还在争执。

到达东京站，雄太在新干线检票口迎接他们。一年没见，没想到雄太的变化居然这么大。他变得成熟了，发型和衣服也比田中他们讲究，看起来很有品位。

“老师，好久不见。田中、原田，你们能来实在太好了！”

“嘿，最近怎么样？”田中问。

“嗯，还行吧。”

“你的衣服还是那么好看啊。是在原宿买的吗？”原田问。

“不是，这件是在银座的百货公司买的。”

“哦，银座啊……”或许是听到了和自己没什么关系的地名，原田不知道该说些什么。

“哎，别站在这儿说话啦，咱们找家店一边喝茶一边聊吧。”忍提议。

雄太摆摆手。“我和妈妈说老师您要来东京，她请您务必去家里做客。从这儿到我家差不多要四十分钟，请您去我家坐坐吧！”

“这倒没问题，但是会不会给你妈妈添麻烦？”

“妈妈说好久没见到您了，想好好招待您。反正田中和原田还要住在我家呢。”

“那……我就打扰啦。”

说起雄太的母亲，忍记忆犹新。其他学生的母亲大多给人以市井大妈的感觉，而雄太的母亲则浑身散发着一种上流社会的气质。不管是与对方关系亲近，还是相处得不愉快，她对人都以礼相待，言行得体，很有分寸。这次她听说忍要来东京，认为邀请忍来家里做客也是义务。

到达新宿后，四人换乘西武线，最后在上石神井站下了车。忍和田中他们只能跟在雄太身后，他们甚至不知道“上石神井”的读法。

从车站步行五分钟左右就到了中西家。中西家是一栋米黄色的西式住宅，庭院宽敞，四周围着栅栏，看起来占地面积得有一百坪[①]。

---

①日本计量面积的单位，1坪约为3.3平方米。

“好像图书馆啊。”原田小声说道。

在雄太的带领下，他们走进玄关。没有人出来迎接，雄太喊了一声，中西夫人才从屋内走了出来。

“啊，竹内老师，好久不见。”中西夫人跪坐在地板上，彬彬有礼地鞠躬。

“好久不见。您和家人都还好吗？”

“嗯，挺好的……”

“阿姨好。”田中打招呼道，“这是我带来的特产，还请您收下。打扰您了。”

“打扰您了。”原田也递出纸包。

“哎呀，你们不用这么客气……”中西夫人看了看他们俩，似乎还想说些什么，但很快将视线移向忍，“快请进屋坐吧。”

“打扰了。”忍脱下鞋子。

三人被带至客厅。他们吃着蛋糕，喝着红茶，开心地谈论起往事。雄太看起来比想象中有精神，刚开始聊天时口音接近标准语，但也许是受了田中他们的影响，慢慢地也开始说大阪话了。

忍想和中西夫人说说话，但中西夫人露了一面之后，就再也没进过客厅。或许她是觉得他们很久不见，想让他们好好地叙叙旧。

“学习怎么样？难吗？”

“很难，不过我会加油跟上的。我很努力，每周去四天补习班。”

“补习班啊……看来东京的学习压力很大。”田中吃着蛋糕，感慨道。他没有意识到，现在不上补习班的人才少见。

“雄太，你搬到东京已经一年了，一定对东京很熟悉了吧？你们一家人会在假期出去兜风吗？”忍问道，因为她以前在小学任教时，曾听中西夫人在家长会上提过这件事。

雄太却摇了摇头。"一次也没有。搬来这边后，我爸爸的工作一直很忙……"

"但总有休假的时候吧？"

"几乎没有。就算偶尔休假，我爸爸也要去打高尔夫球应酬。最近这十几天，我都没和他说过一句话。"

"这还真是个问题啊。"忍嘟囔道。

"啊，好像有人来了。"坐在窗边的原田看着外面说道。

雄太走到他身边一看，小声说道："哎？是我爸爸。他从没有在白天回过家。"

"也许叔叔是听说忍老师来了，所以回来问候一下吧？"原田说。

"嗯……不过昨晚没听他提过这件事啊。"

有人敲了敲门，然后进了屋。是一个体格健壮的男人，应该就是雄太的父亲。忍起身打招呼。

"竹内老师，常听雄太提起您。他很高兴可以遇见您这样的好老师呢。请坐请坐。"说完，中西先生就离开了房间。他特地从公司回来，不可能只是为了说这句话，或许还有别的事。

"我爸爸净会说些漂亮话。"雄太绷着脸，"他明明从没好好听我说话。"

看来问题相当严重啊，忍想。过了一会儿，她从沙发上站起来。"不好意思，我想去一下洗手间。"

"哦，从这儿右转走到头就是。"

"老师，别把马桶弄脏了。"田中很不礼貌地开了个玩笑，笑得前仰后合。

忍瞪了他们一眼，走出客厅。她并没有去洗手间，而是朝相反方向的厨房走去，想找中西夫人问问雄太的情况。还没到厨房，她就停下了脚步，因为她听到厨房里有说话声。

“我不是一直告诉你要小心吗？”是中西先生的声音。他的语气很严厉，和刚才完全不一样。

“你怪我也没用，我也有很多事情要忙啊。”

“你能有什么事情，不就是做家务吗？要不就是和附近的长舌妇们嚼舌根。”

“我才没有。”中西夫人呜咽道，“你还说我，你看看你自己，天天说忙，完全不顾家。”

“怎么，要怪我吗？”

“我不是这个意思。可你也要关心下家里啊。”

“男人要工作。”

“又是这句话……一遇到事情，你就用这个当借口逃避。真的是在忙工作吗？”

“你这是什么意思？”

“前天那个女人来电话了，现在她可真是毫无顾忌啊，直接就问你的事情，真是厚颜无耻！”

一阵短暂的沉默后，传来中西先生沉重的叹息声。“这件事已经解决了，现在再为这个吵没意义。”

“又要逃避了。”

“现在不是说这个的时候。”

又是一阵沉默。过了一小会儿，中西夫人小声说道：“你联系银行了吗？”

“联系了，钱的事应该可以解决。”

他们到底在说什么？忍想继续听下去，可此时玄关传来声响。

站在这里偷听人家谈话，要是被发现了，可没脸见雄太了。于是，忍悄悄走回客厅，尽量不让脚下发出声响。

一个身穿学生服的女孩从玄关走过来，忍猜测是雄太的姐姐。女孩也看到了忍，惊讶地停下了脚步。

“你好，打扰了，我是雄太的小学老师——”

忍还没说完，女孩已露出笑脸，点了点头。“您是忍老师吧？我听说过您的事。我是雄太的姐姐景子。您快请坐。”

“谢谢。”

忍很想知道景子说的是什么事，可是景子迅速离开了。她今年差不多上高一，说话落落大方，又彬彬有礼，可以看出家教很好。

回到客厅时，三个男孩正在聊职业棒球。

“老师，你在厕所待得可真久啊。”田中多嘴道。

一旁的原田用胳膊肘捅了捅田中。“女士要做的事很多的。先不说这个，老师，中西这家伙居然不支持阪神队，叛变成埼玉西武狮队的球迷了，这也太气人了！老师你快来说说他！”

“打扰了这么久，我该走了。中西，能借用一下你家的电话吗？我想给我今晚借宿的同学打个电话。”

“当然可以啦。电话就在……哎？”雄太指向门旁的柜子，却突然停了下来，歪了歪头，“奇怪，电话平时一直放在那儿的，怎么不见了？稍等一下。”

他正要开门时，门从外侧打开了。中西夫人走了进来。

“妈妈，电话——”

中西夫人用眼神制止了正要发问的雄太，然后看向三位客人。“竹内老师今晚要住在朋友家吗？”

“是的。”

“一定要住在您朋友那里吗？可不可以改变下计划？”

“请问有什么事情吗？”忍问道。

中西夫人低下头，然后抬起，看起来忧心忡忡。“我丈夫因为工作的关系，和一家酒店有合作，我们想请您住在那里……”

“啊，不用这么客气。”忍苦笑着摆摆手，“来府上已经够打扰的了，如果还让你们为我准备酒店，那实在是太过意不去了。”

“没有的事，另外……”中西夫人满脸抱歉地看着田中和原田，“我希望田中他们也住到酒店。”

“为什么？”一旁的雄太顶撞道，“他们难得来东京，为什么不让他们住在家里？”

“你不要插嘴！”中西夫人厉声说道。

被母亲训斥，雄太乖乖闭上了嘴巴。

“不好意思，真是抱歉。”中西夫人朝田中和原田鞠躬，“这次实在是不方便。如果是平时，我决不会这样安排的。”

“我们在哪儿住都行的。”田中说道。原田也跟着点点头。

“老师，您觉得如何？让田中他们独自住在酒店，我也会不放心……”

既然中西夫人拜托了，忍也难以拒绝。若非特殊情况，中西夫人决不会这样做，一定有什么苦衷。而且，刚才偷听到的谈话也让忍很挂心。

“好的，那就多谢您的款待了。恭敬不如从命，我带他们去酒店住。”

听到忍的答复，中西夫人如释重负一般，露出安心的神情。这种反应也有些反常。

2

酒店位于新宿，忍和田中他们又回到了新宿。但这时问题出现了——虽然中西夫人给他们画了地图，但他们一出车站就迷路了。

“老师，到底怎么走啊？我觉得咱们之前好像来过这里。”田中发着牢骚。他们已经在这一带转了将近三十分钟了。原田也嘀嘀咕咕的，好像在抱怨。

“你们抱怨也没用，这张地图画得不准确。而且这里和大阪不一样，道路没有规划得像棋盘那样整齐。”

“老师，你的意思是地图的错了？你不是教我们，遇到问题不能把责任推卸给他人吗？”

“我是这么说过……”

“啊，我总有种不祥的预感。”原田唉声叹气，“老师是个超级大路痴，一时半会儿找不到正确的路。我明知会这样，还相信她，把地图交给她，我真是太笨了，不该顾及老师的面子。由我来领路就好了。”

“少啰唆！身为一个男生，居然这么多废话。啊，原来这里有个棒球游乐中心。这好像是一开始我们走过的路，太阳在那个方向……”忍站在马路中央比画着，就好像在指挥交通。

“听到了没？老师在说太阳的方位什么的。”田中说。

“为什么我们明明在东京的市中心，却好像在参加定向越野比赛？”

“我知道了！往这儿走！”忍自信地朝前走去，田中他们跟了上去。刚走了一会儿，忍就停了下来。“哎？好奇怪啊……”

“完蛋啦。”

“看来我们今晚要露宿了。原宿和露宿，一字之差，却完全不是一个概念啊。”

“我现在的心情就像在沙漠中徘徊一样。不是有首歌叫《东京沙漠》吗？”

“与其说是沙漠，不如说是树海[①]。天色渐渐暗了，我们只能在附近找根电线杆上吊啦。”

田中和原田你一言我一语。忍没有反驳，而是一直盯着地图。她抬起头，双手抱在胸前，小声说道：“嗯，看来……”

“老师，怎么了？你知道怎么走了？”田中问道。

忍缓缓地摇了摇头。“看来……我们迷路了。”

田中和原田往后一仰。

“你不会现在才知道吧？就是因为迷路了，我们才会在这里绕来绕去啊！老师，死心吧，我们还是找个人问问路吧！我奶奶说过，问是一时的耻辱，不问是一生的耻辱。”原田说道。

“嗯，也只能这么办了。”忍左顾右盼，寻找合适的人，打算问路。

“我还有个问题——问了路你就知道怎么走了吗？”田中不安地问，“特意给你画了地图你都找不到，我敢肯定听别人指路也没用。”

田中的话看来相当有说服力，忍和原田都陷入了沉默。

“坐出租车吧。”田中说，“只要说清楚目的地，司机就会带我

---

①此处指的是富士山脚下的天然林场，即后文所说的“青木原”。长期以来，青木原中每年都会发现大量自杀者的遗体，因此便有了青木原为“自杀森林”的都市传说。

们去的。”

“我也想过这个办法，但估计不可行。”原田说，“虽然我们走了老半天，但离目的地应该没多远。这么近的距离，恐怕没有出租车愿意拉我们。”

明明很近，却到不了，忍感到很丢脸。“没办法啦，只好这样了。”她找到一个电话亭，走了进去，从包里取出电话簿，找到了本间义彦的名字。今天是星期五，她将电话打到了本间的公司。

本间正在公司。因为接到了忍打来的电话，他的声音好像都跟着欢呼雀跃起来了，得知她就在东京，音量更是高了一度。

忍把目前的情况说了一遍，然后听到电话那头传来拍胸脯的声音。

“知道了，我现在马上去救你！你附近有什么显眼的标记吗？”

“有个 ×× 棒球游乐中心。”

“啊，我知道那儿。听好了，你在原地不要动。三十分钟后，不，二十分钟后我就到。对了，”本间的声音突然严肃起来，“我想问你件事。”

“什么？”

“那个男人……刑警新藤没有和你在一起吧？”

“新藤先生？没有啊。”

忍正要开口说是和田中和原田在一起，本间就抢在了前头：“那你是一个人了，我知道了，我马上去找你！”忍没来得及答话，本间就挂断了电话。

本间义彦曾经和忍相过亲，至今没放弃和她结婚的念头。他是东京人，之前由于工作原因去了大阪，去年又回到了东京。来东京前，忍想到了他，但原本不打算麻烦他的。

至于新藤，他是大阪府警本部的刑警，也向忍求过婚，是本间的情敌。

忍刚挂断电话，就又拿起了听筒。这次她拨的是中西家的号码。她担心他们没有在预定的入住时间到达酒店，酒店会联络中西家。

电话只响了一次就接通了。

“这里是中西家。”听筒那头传来中西夫人的声音，听起来似乎有些紧张。

“啊，中西夫人，我是竹内。谢谢您今天的招待。”

“啊……”听到是忍，中西夫人发出泄气般的声音。她好像在等别人的电话。

“我们现在在新宿，顺道去了一趟其他地方。我担心酒店没等到我们，会给您打电话——”

忍还没说完，电话那头远远传来一个声音。“谁打来的？是绑匪吗？”

那绝对是中西先生的声音，他在问中西夫人。

忍没再说话。绑匪？

“喂，竹内老师？”中西夫人的语气中透露着狼狈。

“啊，我在。”

“如果酒店联络我们，我会代您转达的。”

“那就拜托了，给您添麻烦了。”

“好的，那我就挂电话了。”似乎是担心忍再问些什么，中西夫人匆匆挂上了电话。

忍目不转睛地盯着手中的听筒。绑匪？刚才中西先生确实说了这个词。到底是怎么回事？忍走出电话亭，看到原田正坐在护栏上玩任天堂游戏机。

“田中呢？”

“去小便啦。”

原田正回答时，田中从拐角处走了回来。“想找个合适的地方可真费劲。老师，怎么样了？”

“马上会有人来接我们。哎，我想问问你们，中西有弟弟或妹妹吗？”

“嗯？”田中看着原田，眼睛瞪得圆圆的，“有吗？我不是很清楚。”

“我也不清楚。不过刚才在中西家没看到他有弟弟或妹妹啊。老师，你为什么这么问？”

“只是突然好奇罢了，没什么。”忍敷衍道。

田中和原田觉得忍很可疑。忍干咳了一下，摆出一副等待本间的样子。

大约二十分钟后，一辆出租车停在了他们面前。车门打开，西装革履的本间义彦走了下来。“忍小姐，好久不见。”他举起一束玫瑰花。

“好久不见。抱歉让你特意来接我……”

“你在说什么呢？只要是为了你——”

“你好。”

“你辛苦啦！这下我们终于得救了。”

蹲在电话亭后面的田中和原田站了起来。

本间惊讶不已。“忍小姐，这两个孩子是……”

“他们和我一起从大阪来的，因为有些事情。”

“一会儿再说吧。来，我们先上车。”田中推着本间上了出租车，原田跟在后面。忍坐到副驾驶座上。

“终于要脱离青木原啦。”田中长叹一口气。

“青木原？树海吗？”

“不，没什么。田中，不要说些不着边际的话。”

“我只是实话实说嘛。对了，本间先生，你的玫瑰花真漂亮。”

“那当然了，这可是我精挑细选的。”本间骄傲地说道。“精挑细选”这个词显然是说给忍听的。

“有选花的时间，还不如早点过来……算了。话说回来，这些花真漂亮，颜色真好看。看起来很贵，一枝多少钱？”田中问道。

本间咂了咂嘴。“你看，这就开始问价格了，这是大阪人的坏习惯啊。光说‘真漂亮’‘颜色真好看’就够了。”

“啊，这样啊。真漂亮，真漂亮，真漂亮。”

“不用说那么多遍。”

“虽然漂亮，但可不可以请你移过去一点？花的刺要扎到我了。”

本间意识到田中在戏弄他，有点不高兴。坐在忍后面的田中和原田哈哈大笑起来。

没多久，酒店出现在眼前，但和忍他们刚才绕了半天的根本不是一个地方。看来他们一出车站就走了完全相反的方向。

办理完入住手续后，忍和田中他们先去了房间。本间说要去附近逛逛，晚餐前回来。

中西夫人为他们准备了一间单人房和一间双人房，两个房间在同一层。忍走进单人房，换好衣服后，便立即拿起了电话。

“这里是中西家。”是中西夫人的声音。

也许是心理作用吧，忍总感觉中西夫人的声音在颤抖。忍告诉中西夫人他们已经安全到达酒店。“那个……中西夫人，请问是不是出了什么事？您是不是在隐瞒什么？”忍严肃起来。她能听出中西夫人倒吸了一口凉气。

“隐瞒……您为什么这么问？”

“请您告诉我实情吧。中西还有个弟弟或妹妹吧？是不是家里出了什么事？”

中西夫人陷入了沉默。

忍相信自己的直觉不会错。从白天中西夫妇的对话，还有中西先生的那句“是绑匪吗”，忍察觉到这家人一定出了什么事。家里的某个人——恐怕是雄太的弟弟或妹妹，很可能被绑架了。这么一想，中西家客厅的电话被拿走这件事也就说得通了，因为中西夫妇不想让雄太接到绑匪打来的电话。那时雄太应该不知道家里出了事。

“没有啊，”中西夫人没有底气地答道，“没有那回事，利广很好。”

利广应该是雄太的弟弟。

“中西夫人，请不要再瞒我了。我有朋友是警察，有什么事可以找他商量——”

“不，不行！”中西夫人尖声说道，然而这样的回答却暴露了实情。她长叹一口气。“老师，拜托您了，请不要告诉警察。”

“果然是……绑架吗？”

“嗯，是的。今天早上利广就不见了。中午，我接到了绑匪的电话，说想要孩子活命，就准备五千万……”

“绑匪的声音您之前听过吗？”

“没有听过。声音被机器处理过，听起来很奇怪。”

据说最近出现了可以轻易改变声音的玩具，绑匪或许使用了这种玩具。

“为什么不报警呢？日本的警察很优秀，不会让绑匪得逞的。”

“但是，因为报警而被撕票的孩子有很多啊……虽然这种案件没有被官方报道，但我听说过。”

“那种事——”忍停住了，下半句“不会发生的”没能说出口。她没法断言到底会不会发生，也没有资格责备将孩子视为珍宝的父母。

“之后你们还接到过绑匪的电话吗？”

“接到过，就在接老师您的电话之前。绑匪让我们明天正午带着钱去幽灵公馆前排队。”

“幽灵……什么？”

“幽灵公馆，东京迪士尼乐园的鬼屋。”

“哦……”绑匪选的地点真奇怪啊，忍想。那个地方一定对绑匪有利。

“就是这么一回事。老师，请您就当不知道这件事，拜托了。如果那孩子有什么三长两短……”中西夫人哭了起来。

忍说不出话来。

3

“怎么了，忍小姐？你的脸色看起来不太好啊。是饭菜不合口味吗？”本间停下拿着刀子的手问道。

他们几个人正在酒店地下的法国餐厅用餐。

“没什么……”忍含糊地回答，把肉片送进嘴里，然而完全吃不出味道来。她心里一直放不下那件事——绑架。本间正大谈料理话题，几乎将所学发挥得淋漓尽致，然而忍根本一个字也听不进去。

“老师吃东西的时候，不管你对她说什么，她都听不进去的。”田中一眨眼就把主菜牛排吃得精光，现在无事可做，所以一边喝水一边说道，“在学校吃饭时，有广播找她，她也听不到。”

“不过呢，只要请老师吃饭，她就什么都能去做。当初老师去和本间先生你相亲，大概也是因为听说可以在高级餐厅吃饭。”

忍没有精力理睬这两个为所欲为的小鬼。明明发生了绑架这样穷凶极恶的犯罪事件，自己却无能为力，实在太令人焦急了。可她也不能背着中西先生擅自报警，究竟怎么办才好呢？

“老师，老师！”

本间叫了好几次，忍才回过神来。

本间正一脸担忧地看着她。“你怎么了？一直发呆。”

“老师一吃饭就进入忘我的境界，这很常见，可忘我到嘴巴都停下来，真不像她的作风。”田中虽然还在耍贫嘴，但对忍的表现也有些惊讶。

忍坐直了身子，挤出略显做作的笑容。“我只是在想事情，走神了。对了，你们两个明天打算去哪里？”

“这个嘛，我们本来打算和中西商量后再决定，可刚才和他通电话，不知为什么他明天不能出来了。我和原田还在商量该怎么办。”

“哦……”雄太不能外出，应该是父母不允许。对中西家来说，明天是个关键的日子。“唉，那就没办法了。明天你们就留在酒店学习吧。”

"什么？"二人从椅子上滑了下来。

"别开玩笑了！好不容易出门旅行，竟然叫我们去学习！我和原田已经决定好了。"

"去哪里？"

"迪士尼。"

听到田中的回答，忍站了起来，有些恍惚。"哪里？"

"老师你听不到吗？东京迪士尼乐园。说起来还挺不好意思的，我和原田还没去过呢。"

"不能去。"忍摇摇头，"你们不能去那里。去别的地方玩吧！"

"为什么不能去？"一旁的原田问道。

因为明天是中西家交赎金的日子——当然不能这样说。"因为……那里有太多好玩的东西了，玩过头的话，你们会变傻的。"

"这话才傻呢。"原田动作夸张地扭着身子。

田中笑得前仰后合。"即使变傻也无所谓，我就是想去迪士尼玩。"

"你们不是要去东京巨蛋吗？嗯，明天就去那儿吧！感觉那里很有意思呢，东京巨蛋绝对比迪士尼好玩！"忍在胸前拍起手来。

"明天不行，"田中淡淡地说道，"明天没有热身赛。没有比赛，去了也没什么意义。"

"哦……"忍嘟囔道。如果再劝说下去，就太不自然了。这两个孩子机灵得很。

"老师，你朋友的婚礼是在后天吧。那你明天应该有空吧？"沉默许久的本间看准了没人说话的空当，立刻插话道，"明天要不要去横滨兜风？夜晚的海湾大桥很美哦。"

"海湾大桥？"

“嗯。当然啦，如果你不喜欢横滨，去其他地方也可以。”

本间的话让忍下定了决心。“本间先生，既然你这么说，那我们也去迪士尼吧！”

“啊？”本间露出绝望的神情，“我们……四个人吗？”

田中和原田也吃了一惊，张大了嘴。

忍摇摇头。“他们玩他们的——你们俩也希望如此吧？”

“好啊，看来老师偶尔也想约会一下呢。这件事我们会对新藤先生保密的。”田中神气十足地说道。

“加油啊，帅哥。”原田调侃起本间来。

忍的目的当然不是约会，而是想去交付赎金的现场监视。虽然她也不知道能做些什么，但与其就这样一直苦恼，不如行动起来，这才符合她的性格。她本想单独行动，却苦于自己是路痴，对及时到达目的地毫无信心。

本间并不知道自己只是个带路的，还在田中和原田的恭维下，请他们吃了冰激凌。

4

第二天早上，本间在约定的时间准时现身。田中和原田已经出发了。忍和本间只喝了咖啡，就朝车站走去。

“为什么要坐电车？开车多好啊。”本间有些不满，他本想开车和忍一起兜风的。

“难得来东京，我想在街上走走。如果开车就体会不到漫步东京街头的乐趣了。”

“嗯，也对……但这也不是什么了不起的街道啊。”

实际上，忍是担心堵车。她必须在正午之前到达迪士尼，不，幽灵公馆。

不过，漫步在新宿街头，她也真切地感受到了东京的空气。虽然这里的街道和大阪的一样拥挤不堪，却有着一股别样的力量。大阪的人潮是瀑布，在激烈的碰撞中冲刷一切；东京的人潮则是海啸，一股强大的力量蕴藏其中，掀起巨大的浪涛。心血来潮想要逆瀑布而上的话，或许还可与瀑布抗衡，但在海啸面前根本无计可施。

忍想到了中西一家。他们来到东京，物质上变得富足，被绑匪勒索五千万日元也拿得出来。可忍觉得，这样的财力是以牺牲亲情换来的。这样的想法是出于忌妒吗？

“老师，从昨天起，你就没怎么好好听我说话。”站在中央线的月台时，本间苦笑着说道，“简直就像灵魂出窍了似的。你的心还在大阪，对吗？”

“不，没那回事。”忍笑了笑。这是她从早晨起床后，第一次露出笑容。“我说，本间先生，东京人真了不起啊。”

“是吗？”

“你看，大家在等电车时都老老实实地排队，这种场面在大阪根本看不到。”

“这一点我也很无奈。”本间紧锁双眉，“在大阪时，即使我老老实实地排队，可电车一来，大家就都往车门挤。不愧是大阪人，那种活力——或者说是厚脸皮，真是惊人啊。”

“好丢人啊。我在想，也许东京人根本不屑于在乘电车这种事上耗费精力去竞争。比起乘电车，东京人还有别的要竞争吧。”

“是啊，你说得对，这件事根本不值得耗费精力。”本间很认同忍的见解，连连点头。

他们在东京站换乘京叶线，然后在舞滨站下了车，没多久就到了迪士尼乐园。售票处前已经排起了长龙。他们排了很久，几乎都要厌烦了。

终于排到了售票窗口前，忍看到昂贵的票价，惊讶地瞪圆了眼睛。“只是个游乐园，门票居然要好几千，日本人真是奢侈啊！”

“这说明游乐园值这个价。不过确实不便宜。”

进入迪士尼，忍瞠目结舌，不是因为游乐园里的设施，而是因为人山人海的游客。此时正值春假，又是周六，有这么多游客也不足为奇。

“本间先生，现在几点了？”

“我看看——十一点四十。”

“完了！本间先生，我们得快点。”忍拉起本间的手。

本间一阵窃喜。“你想玩什么项目？”

“幽灵公馆。”

“啊……”本间停下脚步，皱起眉头，“老师，今天这样的日子去排幽灵公馆这种受欢迎的项目，太不明智了吧？光是排队就要花一整天，就玩不了别的了。咱们还是去玩人少点的项目吧？”

“那可不行。本间先生，如果你不喜欢，我一个人去就好。”忍说着就要走。

“等等——我去，我去。”本间慌忙跟上。

正如本间所说，在幽灵公馆前排队的人多得可怕。队伍弯弯曲曲，完全望不到队尾。忍停下脚步，仔细观察周围。

“这到底是在做什么？难道不来这儿排队，日本人就没别的可玩了？”

“是吧？我们还是放弃这个项目吧。”旁边的本间说道，“米奇魔法交响乐和乡村顽熊剧场很不错，人一直不多。”

可忍还是找到了队尾，站在队伍附近，静静观察着。队伍旁竖着一块牌子，上面写着“目前等待时间为一小时十分钟”。

“现在想放弃了吗？”

本间正说话时，一个看起来有些面熟的女孩来到了队尾。是雄太的姐姐中西景子。她穿着牛仔裤和棒球服，背着一个黑色的大背包，看起来鼓鼓的。忍推测包里装了五千张万元钞的赎金。

“走，本间先生。”忍说道。

还是要去排队啊——本间脸上写着这句话，迈开了脚步。

才一会儿工夫，景子身后又排了很多人。忍跟在她身后几米处。目前绑匪还没有和景子接触。

“现在几点了？”

“嗯……十一点五十五。怎么了？为什么一直在意时间呢？”

“啊，没什么。”忍敷衍着。

这时，旁边传来一个意想不到的声音。“那么没耐性的老师居然在这里排队，真是出人意料。”

忍吓了一跳，一看，田中铁平正笑嘻嘻地看着她，原田郁夫站在他身旁。

“哎呀，你们什么时候来的？”

“刚来。我们看到老师你在这儿，就使劲从后面挤上来了。本间先生，昨天谢谢你请我们吃饭。”

“不客气……”本间愣住了。

这两个小鬼来得真不是时候，忍直想咂嘴。可她灵光一闪，对田中说："我有件事要请你们帮忙，可以吗？"

"得看是什么事了。"田中说道。原田则从背包里取出任天堂游戏机，全身心投入游戏当中。

"不难的。你们看，那儿不是站着个扎马尾的女孩吗？"

"红衣服的那个？"田中顺着忍指着的方向看过去。他似乎不认识景子。

"对。我想让你们去那个女孩子旁边站着，仔细观察有没有人接近她。不过，我现在暂时不能告诉你们为什么要这么做。"

"虽然这个要求有点奇怪，但无所谓啦，之后记得告诉我们原因就好。"

田中说完就拉着原田往前挤。他们表现得就像有同伴在前面一样无所顾忌，所以没被人责备。

嗯，这就是大阪人的厚脸皮啊，忍深刻体会到了这一点。

"老师，究竟是怎么回事？"本间终于忍不住了，一脸不悦地问道，"你好像有什么事情瞒着我。请如实告诉我吧，你这是在干什么？"

看来是瞒不住了，如果本间情绪激动，引起劫匪的注意，那就糟了。"其实是这样的……"忍压低声音，将事情的经过告诉了本间。

本间倒吸一口气。"绑架?！"

"嘘——"忍将食指放在唇上，"我们要安静地在这里监视。"

"我知道了。我会协助你的。"本间弯下高大的身躯，目不转睛地看着前方，但这样反而显得不自然。忍担心会被绑匪注意到，感到很不安。

排了很久，他们终于进入了幽灵公馆，绑匪仍没有和景子接触。

忍和本间二人与景子之间的距离拉得更远了。好在田中他们的背包一直出现在景子的附近，忍暂时安下心来。

“绑匪为什么选择这个地方拿赎金呢？”本间问道。

“我也不太明白。这里又乱又挤，大概是想利用这一点吧。我们光是监视，就已经很费力了。”

“真可惜，没有报警。能掌握绑匪的线索当然好，可光靠我们……”

“没办法，中西先生和中西夫人也是为了孩子，希望他能平安无事。如果轻举妄动，万一出了什么事……”

“也对，还是谨慎行事吧。”

过了一会儿，他们登上了像胶囊一样的小车。车子将运载着客人参观幽灵鬼屋，一辆车可以坐一到三个人。

景子独自坐上一辆车，紧跟着她的那辆车里坐着田中和原田。忍和本间在他们后面，隔得很远。

“啊，这个真吓人！”幽灵装置一启动，本间就忘记了本来的目的，发出阵阵惊呼。

幽灵一个接一个地出现在他们眼前，不是那种做工粗糙的玩偶，而是用全息影像技术生成的，看起来很逼真。忍也不禁被吸引了。更何况，景子的车子离他们很远，无法监视她。

“一饱眼福”之后，车子到达了终点。在工作人员的引导下，他们下了车。

“啊，老师，你看……”本间说。

忍看向前方。景子正呆呆地站在那里，田中和原田在不远处。

“啊！”忍发出惊呼。

景子的背包不见了。

5

忍追上田中和原田，询问是否发现异常。

田中摇了摇头："好像没有。"

"什么嘛，听起来不太可靠啊。"

"因为我忙着看幽灵啊。老师，那些装置可真厉害，外国人的想法果然很不一样。"

"笨蛋，现在可不是夸外国人的时候。"

景子摇摇晃晃地朝外走。中西夫妇在出口不远处等候，雄太也和他们在一起。

"本间先生，你可不可以帮忙带这两个孩子到别的地方等我一下？我一会儿就去找你们。"忍拜托道。

本间一副心领神会的表情，点了点头。"好的。我们去那边的餐厅等你。"

忍目送他们离开后，跟着景子朝中西夫妇走去。中西夫人立即注意到了她，露出惊讶的神情。

"老师……"

"对不起，我还是很担心，所以来看看情况。"

"让您担心了，实在抱歉。"中西先生象征性地对忍点了点头，便看向女儿，"包呢？钱呢？"

"我……我不知道……"景子仍然神情恍惚。

"怎么回事？好好说清楚。"

"我一坐上车子，就想睡觉，醒来后，已经到达终点了，包也不见了……”

“什么？怎么会有这么荒唐的事！你好好想想，真的什么都不记得了吗？”中西先生用力摇晃着景子的肩膀。景子只是一个劲儿地摇头。

“老公，你别这么粗鲁，冷静一点！”

“你叫我怎么冷静？这可关系到利广的性命！如果他们拿了钱，却不把利广还给我们，你打算怎么办？！”

“啊！”雄太喊了一声，指着景子的袖子，“这是什么？”

仔细一看，景子的袖子上用胶带贴着一张白色的纸条。

“这个标志是什么？”中西先生取下纸条，递给雄太。

“是走失儿童服务中心的标志。”

“走失儿童服务中心……原来是这样……”中西先生嘟囔着，跑了起来。忍和中西夫人他们跟了上去。

来到走失儿童服务中心，中西利广果然在那里。利广应该是上幼儿园的年纪，此刻正开心地看着米老鼠动画片，脸上没有丝毫疲倦的样子。

中西夫妇一把抱过年幼的儿子，不顾旁人的目光，号啕大哭起来。看到这一幕，有人不禁笑了出来，这也情有可原，因为他们根本不知道中西夫妇内心的痛苦与煎熬。

中西夫妇向工作人员询问利广的情况。工作人员说不是别人把利广送到这里的，而是他自己来的。利广来的时候很镇定，不哭不闹，完全没有露出害怕的样子。

“利广，到底是谁把你带走的？快告诉爸爸！”中西先生问道。

利广没有说话，默默地从短裤的口袋里掏出一个信封。中西先生接过信封，取出信展开。一旁的忍探出头来。

信上的字故意写得很潦草，内容如下：

五千万已经到手了。对于平民百姓来说，这确实是一笔不小的数目，但对于赚大钱的仁兄来说，如果不爽的话，那就当是还给社会吧！

按照我们之间的约定，已经把令郎环给你们了。不过，一定要遵守指示。以防万一，在此重复一遍：在下午六点之前，不许离开东京迪士尼乐园；不许报警，也禁止与外界联系。

我们现在仍监视着你们的一举一动。若不按照指示行事，我们会立即采取手段报复。还希望不要辜负我们的期待。

中西先生读完信后，环顾四周，大概觉得绑匪就在附近看着他们。

“老公，我们现在该怎么办？”中西夫人胆怯地看着丈夫。

“嗯，那就暂且按照指示办吧。就算现在慌慌张张地报了警，也不一定能抓到绑匪。”

“但那些钱……”

“钱就别管了。”中西先生咬着嘴唇，将手掌放在利广的头上，“那种东西再赚就好了，现在全家平安比什么都重要。”

“老公……”听到丈夫的话，中西夫人的眼眶湿润了。

“那个，或许绑匪还在某处监视着，我还是和你们保持一点距离比较好。”忍说道。

“但是，绑匪可能已经看到老师您了。”中西先生满脸愁云。

“即使绑匪看到我了，也只会监视我而已，不会有什么事的。我也不会在六点之前离开，也不会与外界联系。”

“这样啊……”中西先生稍稍想了想，说，“那我们就和老师在这里分开吧，我们会在游乐园里打发时间。”

“好的。”

“让您担心了。”中西夫妇低头致歉。

忍离开了，走了几步后回过头一看，发现中西一家五口正在爆米花店前排队。

6

忍一走进餐厅，就看到本间在朝她挥手。

“真慢啊。怎么样了？”忍刚走过来，本间就立即问道。听到孩子平安无事，他长长地舒了一口气，就好像利广是他的孩子一般。“太好了！孩子没事比什么都重要。”

“本间先生，我有点口渴，可以帮我拿杯饮料吗？”

“哎？好啊，你想喝什么？”

“嗯……就选你认为最好喝的吧。”

“真难办啊，我会不知道选什么的。”

“嗯，那得有劳你好好选一选了。”

“该选什么好呢……”本间自言自语似的嘟囔着，快步离开了。

忍目送本间离开后，来到田中和原田身边。“你们两个——”

“怎么啦？”二人同时抬起了头。

“给我看看你们的背包。”

二人脸色大变。

“里面没装什么好东西。”田中说。

“都不值钱。”原田接过田中的话。

“别瞒我了，我都知道了。真是的，差点就被你们骗了！”忍说。

田中和原田互相看了对方一眼，低声笑了起来。

“还是被看穿了啊，不愧是名侦探忍老师。”田中说道。

二人交出了背包，忍拿起一看，果然，田中的背包里装着景子的黑色背包，原田的背包里则装着瘪了的沙滩排球。

“和我想的一样。到底是怎么回事？给我老实交代！”

“别这样嘛，我和原田也是受中西所托。昨天在他家，趁着老师你去上厕所时，他拜托我们的。”

“他拜托你们什么了？”

“请我们帮助他完成绑架游戏。首先他让我们打一通恐吓电话。”田中从背包里取出一台小型录音机，按下了开关。一段指令传了出来，要求交出五千万赎金，并说明了交付的方法。“这是中西交给我们的。昨天迷路后，老师你去打电话时，我就用别的公用电话打到了中西家，播放了这段录音。”

那时候田中确实不在，说是去找地方小便了。

“然后呢？”忍催促田中继续说下去。

“后来我们帮忙照顾了利广一晚。在傍晚前，他由中西的姐姐的朋友照顾，之后那个朋友把利广带到了酒店。我们把利广藏在房间里，叫客房服务送吃的来，房间里还有游戏机。利广不哭不闹，可乖了。今天早上我们带着他离开了酒店，来到这里。”

没想到是这么一回事。忍咬牙切齿。昨晚她一直想着绑架的事，担心得睡不着觉，没想到利广就在隔壁。“这是你们的计划的最后一步？”忍抓起黑色背包和沙滩排球，问道。

“这个可有意思了。”田中笑嘻嘻地说道，原田也跟着点了点头，“中西的姐姐出门前把现金从背包里拿了出来，把一个充满气的沙滩排球放了进去。一上车，她就把气放了，并将瘪了的沙滩排球和背包团成一团，一下车就交给了我们。老师你当时就在后面，我们可紧张了，生怕被你发现。”

“那你们察觉到我知道绑架的事了吗？”

“当然啦，中西打电话告诉我们了。”

也就是说，田中和原田知道忍昨晚突然说要去迪士尼的理由。忍越想越气愤。

“不过，老师你是怎么看穿我们的呢？”

被原田这么一问，忍清了清嗓子，从手提包里拿出一封信。“这是最近中西寄给我的。看，他把‘环境’的‘环’写错了，写成了‘还给’的‘还’。刚才我看到绑匪写的信中，‘还给’的‘还’写成了‘环境’的‘环’。中西以前就经常写错这两个字，我一看到错别字就都明白了。”

“原来是这样。看来今后得好好学习汉字了。”原田嘟囔着，又拍起手来调侃道，“真是厉害的推理啊。完美，完美！”

忍推开了原田的手。“话还没说完呢。中西的动机究竟是什么？为什么要这样做？”

田中挠挠头，问道：“老师，你完全猜不到理由吗？你应该多少察觉到什么了吧？”

“我真的不知道。”

“中西一家来到东京后，出了不少问题。虽然中西家很有钱，他父母的关系却濒临破裂，已经到了要离婚的地步，现在竟在为孩子们的抚养权争吵。”

“已经到这种地步了吗……”

“中西和他姐姐想，有没有办法让父母再次心意相通，于是想到了绑架。为了孩子，他们即使不再相爱，也不得不团结起来吧？中西和他姐姐希望以此为契机，让父母重归于好。”

“原来是这样……”忍感到有些难过。她知道雄太很烦恼，所以才想来东京和他谈心，没想到雄太自己正在拼命寻找解决问题的办法。

“一听说我们要来，中西就决定实施计划。如果有人报警，他就会立刻中止。现在看来，计划成功了，但接下来才是问题。坦白一切后，中西的父母可能会生气。中西和他姐姐打算到时候再请求父母重新考虑离婚的事。”

“原来是这样啊。要是一切顺利就好了。”

“中西是这么和我说的，”原田开口说道，语气中带着少有的沉重感，“就算最后失败了，那也没办法，只好认命了。但是，他希望能制造出全家人一起出游的回忆，哪怕只有一次也好，所以他才选了迪士尼乐园。特别是利广，他还没有过这样的回忆呢。”

“嗯……”刚才的画面浮现在忍的眼前。无论怎么看，他们都是一个美满的家庭。“没问题，他们一定没问题的。”忍坚定有力地说道。

“哎呀，久等了。”本间端着一个托盘回来了，托盘上放着好几种饮料，“我把那里的饮料全拿过来了。老师，你喜欢哪个就挑哪个吧。”

“那就不客气啦！”田中和原田说着便伸出手去拿饮料。忍选了橙汁。

“话说回来，老师你这次来东京竟卷入了这么可怕的事件。接下来你有什么打算？”本间问。

“我们明天要去东京巨蛋。”

“不，去原宿。”

“我没问你们哦——老师，明天晚上你有空吧？到时候我们一起边吃饭边研究解决的办法吧？”

“也是呢。”忍托着下巴回应道。对了，明天就是朋友的婚礼了，到时她要致辞。

忍思考着要向新婚夫妇说些什么祝福的话。

第四章

忍老师住院了

1

畑中弘是田中铁平和原田郁夫的小学同学。周六放学后[1]，畑中在学校正门前向他们两人发出邀请。“要不要去吃大阪烧？”

田中和原田不约而同地将双手插进口袋，又不约而同地摇了摇头。

“没钱。”田中说。

“我也没钱。”原田说。

畑中稍微犹豫了一下，以一种下定决心的口吻说：“没关系，我请。”

“你请？”田中和原田瞪圆了眼睛，异口同声地喊道。

“你怎么了？发烧了？”田中伸出手要去摸畑中的额头。

畑中躲开了。“只是有了一笔临时收入。怎么样，去不去？不想去也没关系。”

“去啊，当然去啊。”原田搓着手。

“畑中，不管你去哪儿，我们都会追随你的脚步。”田中揉着

---

①日本自 2002 年才统一实施学校周六、周日双休的制度。

畑中的肩膀，不停地说着奉承话。

三人来到大阪烧店。畑中说想吃什么随便点，于是原田点了加入了所有配菜的特制大阪烧，田中则点了特大份炒面。

“你的临时收入到底是怎么来的？”田中一口气吃完了差不多两人份的炒面，用牙签剔着牙问道。

“哦，也不是什么大不了的事啦。”畑中看起来没什么食欲。一份正常分量的大阪烧，他却吃了很久。

“亲戚给你的零花钱？”原田问道。

“啊，差不多是这样。”

“好幸福啊。我爸爸总是发牢骚，说家里亲戚虽然多，但都是来借钱的。”原田说着，把最后一块大阪烧送进口中。

该结账了，畑中打开了钱包。在旁边探着头看的田中吹了一声口哨。钱包里放着好几张万元钞。畑中用身体挡住钱包，凝视钱包许久，好像在思考着什么。

“喂，我们去外面等你。”原田似乎担心请客的人反悔，所以急着离开。

“等一下——”畑中叫住二人，“抱歉，你们可不可以一人贡献两百元？我的钱不够了。”

“不够？你明明有好几张万元大钞……”原田不满地噘起嘴。

田中伸手制止了原田。“两百元我们还是有的。我们给你。”

“也是。”

田中和原田每人递给了畑中两百元。

“明明说好我请客的，真是对不起。”畑中拿出自己的钱凑齐，结了账。

“畑中看起来有些奇怪啊。”在大阪烧店前和畑中分开后，田中对原田说。

“确实很奇怪，”原田表示赞同，“小气鬼畑中居然会请客。不过，最后还要我们出两百元，倒是他的风格。可恶！早知道还要出钱，就不拍他马屁了。”

“那些钱是怎么回事？真的是别人给他的吗？”田中嘟囔道。

原田停下脚步，瞪大眼睛看着田中。“那小子虽然是个小气鬼，但不至于偷别人的钱吧？”

“这我当然知道。”田中点点头，微微一笑，“算了，无所谓啦。也许是他家的哪个亲戚把地给卖了。”

“这么一说，我想起来了。他的确有很多亲戚是农民。”

他们表面上说服了自己，不再讨论这个话题，但其实都从对方脸上看到了将信将疑的神情。

他们朝着竹内忍的公寓走去。忍是他们的小学老师，现在在大学进修，学习教育学。他们俩在考试前或者在作业写不出来时，通常都会去找她，想靠她渡过难关。

没想到忍不在家，迎接他们的是一位和忍长得很像的圆脸中年阿姨。

“哎呀，是田中和原田吧？我听忍提起过你们。”这位阿姨是忍的母亲，“怪不得忍会束手无策呢，一看你们就知道不太好对付啊，哈哈哈。”忍的母亲豪爽地笑了起来。

“阿姨，忍老师在吗？”田中问。

“那孩子住院啦。”

“住院？”二人异口同声地喊出来。

“不是什么严重的病，只是在肚子上划了个口子。现在只要等屁放出来就好啦。”忍的母亲说完，又张大嘴笑了起来。

2

夜里，剧痛袭来。

在那之前，忍已经进了被窝，迷迷糊糊地快要睡着了。

起初是肚脐周围越来越疼，接着是恶心反胃，一个念头在忍的脑海中掠过——糟了，果然是吃坏肚子了……

吃晚饭时，她就觉得火腿的味道不太对劲，但又觉得吃了也不会死人，于是大口大口地吞了下去。

忍呻吟着去了厕所，但没能通便，汗水不停地流。她回到床上躺下，心想只要睡着就好了。之前她也有好几次半夜肚子疼的经历，只要睡着了，第二天醒来就好了。她对自己的肠胃很有信心。

然而这次，下腹部的剧痛久久难以缓解，而且疼痛的区域渐渐扩大，最后疼得整个下半身几乎失去了知觉。

忍呻吟了一个晚上，根本无法入睡。疼痛一点也没有消失，稍微一动就痛不欲生。忍摸了摸右下腹疼痛的发源地，摸起来硬邦邦的。她轻轻按了一下，疼得差点昏过去。

不好了，绝对不是食物中毒这么简单，恐怕是更严重的病。

与昨夜不同，忍变得无比虚弱。她皱着眉头来到电话前，拿起听筒，给老家打去了电话。

在干什么呢！快接电话啊，你们的女儿要死了！此时电话铃声听起来格外悠长。忍疼得直在榻榻米上打滚。

“你好，这里是竹内家。”电话终于接通了，母亲妙子的声音传来。忍无法立即说话，只是呻吟了一声。

“喂，是谁？恶作剧吗？我很忙，没工夫搭理你。”妙子尖声说道。

“啊……妈妈，是我！”忍呻吟着求救。

“哎？是你啊。你的声音怎么听起来怪怪的。好久没见了，你还好吧？”妙子满不在乎地问道。

忍很想问问母亲，从哪里能听出她还好，但没有力气说多余的话了。“妈妈，救救我——我肚子疼——”

然而母亲完全不为所动。“肚子疼？拉个大便就好了，快去厕所吧。”

“我去了，可是拉不出来。而且这次疼的感觉和平时好像不太一样……”

“哪里不一样？”

“不知该怎么形容，下腹部摸起来硬邦邦的，我想……”

“喂，老公——”还没等忍把话说完，妙子就在电话那头和别人讲起话来。那个人当然就是忍的父亲茂三了，他还没出门上班。“是忍打来的……不是，不是让你接电话。她说她肚子疼，下腹部感觉硬邦邦的……大便？她说拉不出来……嗯？右边？右下腹？喂，忍，你在听吗？”

“啊——”

“右下腹疼吗？”

“特别疼。”

“她说特别疼……啊，那就糟了。喂，忍，你爸爸说可能是盲肠出问题了。”

“我知道啊，我知道！帮我叫医生——”

虚弱无力的忍听到电话那头的妙子开始呼喊。

真是费了好大的工夫啊，早知道会这样，还不如自己给医院打电话呢！忍躺在病床上听着收音机，回想昨天发生的事情。

肚子疼的原因果然是急性阑尾炎。忍到医院后立即做了手术，然后直接住了院。

“喂，你啊——”旁边病床有声音传来。躺在病床上的是一个将一头白发绾成发髻的老奶奶。忍住的是双人病房，入住时老奶奶已经在这里了。

“啊，奶奶，您说。”出于对长者的尊敬，再加上老奶奶是先来这间病房的，忍努力用亲切的态度回应道。

但是，老奶奶连眼睛也不睁一下，噘着嘴说道：“收音机的声音可以调小点吗？吵死了，我都没法睡觉了。”

“啊，对不起。”忍慌忙拧了拧音量旋钮。

“唉，年轻人真是好啊。”老奶奶故意叹了一口气说道，“就算住院了也可以找点乐子。哪像我这种老年人，除了担心不知道什么时候会死，也没别的可做了。”

“怎么会呢？奶奶，您看起来很有精神。”

“哪有什么精神啊。”老奶奶故意咳嗽了几声，“原本以为病房里只有我一个人，可以好好睡一觉，没想到又来一个。”她似乎对忍的到来很不满。

“很抱歉……”

“啊，还有，别叫我奶奶。我可不是你奶奶。”

“我知道了……抱歉。”糟老太婆，忍在心中暗骂。

老奶奶对护士也是这种态度，一会儿说床睡得不舒服，一会儿又说太晒了，抱怨个不停。不过，那个身材像专业摔跤手的资深护士似乎早就看惯了这样的患者，并不觉得有什么。

“奶……藤野女士得了什么病？”吃午饭时，忍问护士。老奶奶姓藤野。

“可尔必思[1]。”回答的不是护士，而是藤野奶奶本人。

“可尔必思？”

“带状可尔必思，肚子周围长了严重的湿疹。”

“是带状疱疹。”护士笑着更正道。

藤野奶奶不高兴了。“不是一样嘛。”

忍吃完像婴儿辅食一般的午餐后不久，门突然被猛地打开了，一个男人冲了进来。

“老、老师！忍老师！没、没、没事吧？”冲进来的是新藤。他看起来很瘦，长得很像个演技差的演员，但其实是大阪府警的刑警。

“哎？新藤先生，你怎么知道我住院了？”

“只要是老师你的事，我就没有不知道的。”新藤在忙乱中趁机要去握忍的手，忍立即将手缩回毛毯里。就在此时，门口又出现了两个人。

“没想到老师也会生病啊。不过，盲肠有问题也算不上是生病吧。”田中铁平和原田郁夫一副讨人厌的样子，走进了病房。

“屁放出来了吗？”田中问道。

忍拿起枕头砸向他。

田中和原田告诉忍，他们是从她的母亲妙子那里得知她住院的。

“但光是我们俩来探病，老师你不会给什么好脸色的，所以我

①一种乳酸菌饮料的名称，日语发音与“疱疹”相似。

们就通知了新藤先生。”原田一副以恩人自居的样子。他一定会以提供情报为由，找新藤邀功。

“病情如何？”新藤一脸担忧地问道，“手术顺利吧？”

“现在的阑尾炎手术哪有失败的？托你的福，已经没事了，只是一笑伤口会有点疼。”

“真的吗？”田中眼睛一亮，“老师，想听笑话吗？”

“谢谢，不想。”

“别客气嘛，是很有意思的笑话哦。你听着啊，之前原田——”

“啊！我不听。”忍正想用毛毯盖住头，旁边又传来了声音。

“唉，年轻人真是好啊。这么多人来探望，简直是被捧在手心里。”

新藤和田中他们看向旁边的病床。藤野奶奶依旧一副闹情绪的样子。

“啊，这不是烟草店的藤野奶奶吗？”田中大声说。

藤野奶奶的眼珠子滴溜溜地转了起来。“我就觉得这个声音好像在哪里听到过。这不是田中家的儿子吗？”

“您也住院了吗？哪里不舒服？”

“哪里都不舒服，浑身都是毛病，差不多要断气了。”

田中哈哈大笑起来，回头看向忍，说：“这是藤野奶奶的口头禅，别当真。”

谁也不会当真的，忍在心里回答。

这时，又来了一个访客，但并不是来看望忍的。

“怎么样了？”一个老人走了进来，头发稀疏，穿着一件灰色的无领开襟毛衣。他是藤野奶奶的丈夫。

“就快好了。医生也说好得差不多了。”到底是对丈夫说话，藤野奶奶的口气正常多了。

“这样啊，那就好。”藤野爷爷在病床旁的椅子上坐下，看了看忍他们，“今天真热闹。啊，这不是田中家的……”他注意到了田中。

田中跟藤野爷爷问了声好，并向他介绍了忍。

“啊，原来是大路小学的老师。”藤野爷爷好像并不感兴趣，点了点头。

“老头子，带换洗的衣服了吗？”藤野奶奶问。

藤野爷爷拎起一个黑色的塑料手提包。“嗯，带来了。”

“辛苦了，就放在那儿吧。”

藤野爷爷将包放在窗边的架子上。他好像想说些什么，看起来心神不宁。

“有什么事吗？”

“没什么。”藤野爷爷摸了摸像鸡蛋一般光滑的脑袋，坐回椅子上。

“啊，对了，老头子，今天是收垃圾的日子吧？你有没有把垃圾拿出去？”

“啊？哦……垃圾啊，拿出去了。”

“你这是怎么了？一直发呆，得老年痴呆了？”藤野奶奶的话逗得田中和原田忍不住笑出声来。

“我回去了。”藤野爷爷缓缓地站了起来。

“哎？不是刚来吗？怎么就要回去了？”

“既然来了，您就多坐一会儿吧。”忍也在一旁劝说道。

藤野爷爷轻轻抬了抬手，说：“不了，还要回去看店。我明天再来。”

“路上慢点。”

听到藤野奶奶的话，藤野爷爷点点头走出了病房。

原田来到忍身边，掩着嘴小声说道：“我怎么感觉老爷爷看起来更像是要断气了……”

“笨蛋，会被听见的。”忍皱起眉头责备道。

“我已经听到了。”藤野奶奶怒气冲冲地瞪着他们。

这天傍晚，藤野奶奶说有事忘记让藤野爷爷去做，于是出去打电话。虽说带状疱疹对老年人来说是可怕的疾病，但只要好好治疗，不会影响自由行动。

没过多久，藤野奶奶就回来了，一脸不高兴。“到底跑哪儿去了？打那么多次电话都没有人接！”

“或许是去散步了。”

“他只在早晨散步。一会儿再打给他看看。”

大概过了一个小时，藤野奶奶又出去打电话了，仍然没有人接。又过了半个小时，她再次出去，结果还是一样。

“他到底去哪儿瞎逛了！”她嘴上骂着，其实很担心。

“让田中去看看吧。”忍拿过手提包，取出电话簿，翻到写着田中铁平的那一页，递给了藤野奶奶。

藤野奶奶似乎不太想接受忍的帮助，但还是说了句“既然都拿出来了，我就用一下吧”，接过了电话簿。

藤野奶奶给田中打完电话大概三十分钟后，像专业摔跤手的护士突然冲进病房。由于过于激动，她说话都结巴了。“藤野女士，大、大、大事不好了！刚、刚才，那个姓田中的孩子打来电话，说您丈夫被强、强、强、强盗袭击了！”

“啊？！”

忍和藤野奶奶不约而同地发出惊叫。忍感到做手术留下的伤口一阵疼痛。

3

藤野家是一栋老旧的木结构平房，店铺后面有两间相连的起居室，再往里是个三叠左右的厨房。

田中说，当时后门是敞开的，他从后门进屋后，看到藤野与平倒在厨房，手脚被绑着，头上套着黑色垃圾袋，嘴巴也被堵上了。田中惊慌失措，先给新藤打电话，然后联系了医院。

“我完全不知道是怎么回事。”面对辖区警察局刑警的询问，藤野爷爷摇着头回答，“我从医院回到家，发现房子的后门竟然开着。我觉得有些奇怪，就从后门进了屋。刚走到厨房，突然有人用黑色的袋子罩住了我的头。我大声呼喊，制造出很大的动静，但对方力气特别大。那个人把我推倒在地，迅速绑住了我的手脚，手法很熟练，像是老手。之后，那个人让我的嘴从袋子露出来，往我嘴里塞了手巾之类的东西。我没有看到那个人的脸，根本来不及看。绑住我之后，那个人好像就走了。接下来的几个小时，我就这样被绑着。田中家的儿子来后，我才松了口气。”

即使不是老手，要绑住颤巍巍的老爷爷也不是什么难事。新藤站在辖区警察局刑警旁边，边听藤野爷爷的讲述边想。

警方很快就明确了嫌疑人闯入的方法。这栋房子的后门有两重，从厨房到洗衣房是一重，从厨房通向屋外还有一重。但是这两重门中只有外侧的上了锁，而这把锁其实形同虚设，只要将金属板插入锁扣就算上了锁。再加上门的缝隙很大，所以只要用铁丝或薄板就能轻易从外面打开门。

“这栋房子之前一直没进小偷，真是奇迹。”看过现场的刑警们都如此说道。

新藤认为小偷也是会挑对象下手的。

虽然衣橱和置物架有被翻动过的痕迹，但并没有东西被偷。家里没有贵重物品，也算是不幸中的万幸。

“这不像是老手所为啊。”一个体形如同狸猫摆件[①]的刑警说，“如果是老手，会把屋子翻个底朝天，所有东西都会被翻出来，让屋子连个下脚的地方都没有。”

“难道是个外行干的？还是说嫌疑人闯入这家其实另有目的……”

新藤试着向藤野与平询问线索，然而老人微微低下头，回答道：“我什么也不知道。”

4

第二天下午，新藤来到医院，把昨天案件的情况告诉了忍和藤野奶奶。藤野奶奶之前已经从辖区警察局的刑警那里得知丈夫没有受伤，所以她很从容地听着。

“那个小偷也真是够笨的。”听完新藤的话，藤野奶奶冷笑了一声，“附近住着那么多有钱人，居然偷我们这种可怜的穷人家。”

---

①日本古窑“信乐烧”所产的陶瓷工艺品的代表，被视为招福的吉祥物，外形肥硕浑圆，憨态可掬。

“也是因为进屋很容易吧。”新藤干脆地说。

“当然容易啦，反正没什么值钱的东西，门随便锁一下就好。”藤野奶奶挺起胸膛，仿佛以贫穷为荣。

“如果不是偷盗老手的话，反倒更让我担心。那个人会不会是有什么特殊的理由，才闯入藤野家的？”忍说道。

藤野奶奶皱着眉头，摆了摆手。“正因为是外行，才会偷我们家。要我说呀，那个小偷大概还在见习期——我的衬衫呢？”藤野奶奶说着将手伸进手提包翻找起来。

“现在有嫌疑人的线索了吗？”忍问新藤。

“辖区警察局调查了有前科的人，进行了指纹比对。但如果是个在见习期的小偷，恐怕就无法找到了。”新藤事不关己地说道。因为不是抢劫杀人案，所以和府警本部搜查一科的刑警没什么关系。

“啊，”藤野奶奶拿着手提包下了床，“我去趟厕所。你们年轻人慢慢聊。”

目送她走出病房后，新藤夸张地皱紧了眉头。“这个老奶奶可真难相处啊。你竟和这么麻烦的人住在同一间病房。”

“从昨天起，她就没给过我好脸色。”忍抱怨道，“不过，有时候她也挺有趣的。”

“努力康复吧。你一出院我就请你吃大餐，大阪烧也好，章鱼烧也好，随你吃。”不愧是新藤，挑的全是廉价食品。

忍皱紧了眉头。“请不要在我面前提食物的话题。从昨天开始，我就一直在吃婴儿的食物。”

“真可怜啊，老师你可是个大胃王。”

“喂，你这话说得真过分。”

二人聊得正起劲，哐的一声，门被打开了。原以为是藤野奶奶回来了，结果并不是。仔细一看，一束鲜红的玫瑰花正朝他们走来。

“忍小姐，你现在感觉怎么样？”

白衬衫加红玫瑰——这副打扮在平日里很少见，而以这种形象登场的，正是新藤的情敌本间义彦。

“咦？你怎么在这儿？”忍惊讶地瞪圆了眼睛。本间目前工作的公司在东京。

“从明天起，我要在这边出差一周。因为今天是周日，就提前来了。本想看到你活力四射的面容，可做梦也没想到你住院了。”本间微微弯下腰，递上了玫瑰花。

“虽然不想多管闲事，但能不能请你收起那副做作的腔调？”

“哎呀，新藤。”本间面无表情地看向情敌，“你也在啊。”

“我早就来了。忍老师累了，正要躺下休息呢，不能打扰她。来，走吧。”

“那你先走吧。”本间镇静地说完后，看着忍微微一笑，“我才刚到，就让我陪着忍小姐进入梦乡吧。”

“那我也要留下来陪她。”新藤坐在椅子上，双手抱在胸前。

“新藤，你还是回去吧。不是说犯罪没有平日和假日之分吗？”

“你能不能别新藤新藤地叫我？”

“那就称你为‘名刑警新藤先生’吧。名刑警新藤先生，你可以回到工作岗位上去吗？”

“说什么呢，你是在讽刺我吧？真不凑巧，我今天休息，一整天都要待在这儿。”

“要不分昼夜地与犯罪分子战斗的刑警先生，恐怕没闲工夫照顾病人吧？这里就放心交给我吧！”

“不不不，你太客气了，还是交给我吧。”

“不不，交给我。”

“不，交给我。”

他们俩没完没了，忍根本没法睡觉。“我说，你们二位应该都很忙，就别管我了。”

“你看，既然忍老师这么说了，我们就走吧。”新藤抓着本间的手臂想要拽他走，却被本间用力地甩开了。

“忍小姐，没想到你这么客气。”

没想到？忍有些不开心。

“又来了一个？”就在这时，藤野奶奶回来了，“哟，这次是个帅哥呢。”

本间一脸喜悦。“我就喜欢有眼光的人。这是我送您的礼物，聊表心意。”说着，他从那束玫瑰花中抽出一枝满天星，递给藤野奶奶。

“什么嘛，不送我玫瑰花。”藤野奶奶说着将满天星随手一丢。新藤在一旁放声大笑。

似乎是为了重新振作起来，本间故意咳嗽了几声，然后看向忍。“话说回来，真是可惜。本想着这星期至少可以和你约会两次，还打算下周六请你去看音乐剧。你看，票都买好了。”说着，他从西装内侧口袋中取出两张票，在新藤的面前晃了晃。

“对不起，我现在哪儿也去不了了。”

“是啊，那就没办法了。”新藤连连点头，“音乐剧你一个人也能看。”

“我还是想和忍小姐一起去。”本间将票放回口袋。

这时，藤野奶奶说话了：“能不能把票让给我？”

“什么？”本间看向藤野奶奶，就好像在看什么奇怪的东西一般，“这可是音乐剧哦，不是歌谣秀，杉良太郎和五木宏也不会出来哦。”

“我知道，别把我当傻子。老年人也会看音乐剧的。能不能让给我？”

“不如就免费送给人家吧。”新藤不负责任地说道，“要善待老年人。”

“话说在前面，这两张票可值三万元。”本间充满敌意地看向新藤，然后对藤野奶奶说，“没法免费送给您。有很多人想去看呢。”

“我可是大阪的女人，当然不会让你白白送我了。一万，怎么样？”

“一张一万？”

“两张。”

本间往后一仰。“出价也太低了，有人出三万买呢。要我说，最少两万。”

“人长得挺帅，没想到这么抠门。一万二吧。”

“一万八。”

“好吧，各让一步，一万五，就当给你个面子。”还没等本间开口，藤野奶奶就在她的黑色手提包里摸索起来。

本间没辙，只好交出了票。“我可亏大了。”

“你就当为老年人行善积德啦。”藤野奶奶从包中取出两张万元钞，递给了本间。本间找给她五千元。

本间和新藤互相拉扯着，终于离开了。

忍对藤野奶奶说：“没想到您也看音乐剧，真时髦啊。您可以在演出日期之前出院吗？”

“啊，嗯，差不多吧。”藤野奶奶含糊地回答道，迅速转过身去，背对着忍。

傍晚，体形健壮的护士对藤野奶奶说：“藤野女士，刚才真是太谢谢您了，我的朋友也很开心。”

“哎？”忍瞪大了眼睛看着她们，“怎么了？”

“刚才藤野女士卖给我两张票，是我特别想看的音乐剧的票，而且很便宜。原本两张票要三万元，藤野女士竟然只卖两万元。”

“啊……”忍不禁瞠目结舌，看向藤野奶奶。只见她将被子拉到肩膀，刻意发出鼾声，假装睡着了。

不久，藤野爷爷拎着一个纸袋来了，里面装着换洗衣物。也许是因为没遭受什么损失，他看起来完全没有受到被盗的影响。听藤野爷爷说，连警察也没有太把这起盗窃案当回事。

“我走了，明天再来。”藤野爷爷留下纸袋，拿起黑色手提包回去了。

那天夜里，忍做了个高中时期的梦，她好久没有梦到过了。梦里，忍在考数学，由于根本没好好学习，所以一道题也解不出来，只能任由时间一分一秒地流逝。完全是一个关于黑暗过去的梦，而且，坐在她旁边的竟然是藤野奶奶。藤野奶奶说着什么“一万五千元的满天星卖了两万元，还赚了五千呢”。

在一阵呻吟后，忍终于醒了过来。周围黑漆漆的，东西看起来模模糊糊的。啊，太好了！她放下心来，终于不用再考数学了，但她很快凭直觉感觉到有些不对劲。空气似乎在流动。有人站在黑暗中。“谁？”她战战兢兢地开口问道。

紧接着，病床下发出窸窸窣窣的声响。

“谁啊？”这次，忍提高了音量。

病房的门被打开了，一个黑影一下子蹿了出去。

“啊，站住！”忍想下床飞奔出去，但突然感到腹部一阵剧痛。她呻吟起来，出声都很困难。她使劲拍了拍床，想叫醒藤野奶奶，可藤野奶奶睡得很熟。

忍在黑暗中摸索着，伸手找到了呼叫护士的按铃，按了下去。然而过了好几分钟，护士才来到病房。

5

星期一，田中铁平和原田郁夫遇见了畑中弘。

“看，那不是畑中吗？”放学回家的路上，原田指着前方说道。

田中一看，正是畑中。“那家伙在干什么呢？”田中说道。

畑中藏在邮筒后，探头探脑，左右张望，看起来鬼鬼祟祟的。

“真古怪。走，我们去他背后吓一吓他。”原田说。

田中拦住了原田。“等等，我觉得有点蹊跷。”

他们二人躲到旁边的电线杆后，偷偷观察畑中的行动。田中觉得，旁人若看到这一幕，或许还以为是中学生在玩捉迷藏呢。但是，到底谁是藏起来的那个人？

“啊，他行动了。”原田小声说道。

只见畑中从邮筒后面走了出来，快步向前走。田中和原田赶忙跟了上去。没想到，畑中竟走进了前面的派出所。

“哎，畑中怎么进了那种地方？这是怎么回事啊？”

田中当然也完全摸不着头脑。为什么去派出所要那样鬼鬼祟祟的呢？

二人琢磨不透，就在这时，畑中从派出所走了出来。二人又急忙藏了起来。

“畑中那家伙到底在干什么啊？才刚进去，又出来了。”原田噘着嘴说道。

畑中逃也似的加快了脚步。

“原田，我们也去派出所看看，也许可以打探到些什么。”

“OK！”

二人走到派出所前，探着头往里看，却没有看到警察。

“咦？怎么警察都不在啊，难道在休息？”原田大摇大摆地走进了派出所，环视屋内，“没想到派出所这么脏。”

“喂，你看——”田中指着桌子。桌子上放着一叠崭新的万元大钞。

“啊，没想到警察这么有钱。”

“笨蛋，如果是自己的钱，怎么可能就这样放在这里。该不会是畑中他……”田中还没说完，里面的门突然打开了。

“有什么事吗？”一个看起来很凶的警察从门内探出头来。

就在这一瞬间，原田嗖的一下拔腿就跑，田中也跟着冲出了派出所。二人跑着转过街角，然后才停下。

“我们为什么要逃啊？”田中问道。

原田气喘吁吁地回答：“我也不知道。警察一开口，我的脚就不听使唤，动了起来。”

“但我们和新藤先生就可以好好说话啊。”

“新藤先生是刑警，所以没关系。不知道为什么，我就是害怕派出所的警察。”

“我懂我懂……你说，那些钱真的是畑中放在那儿的吗？”

“他为什么要给派出所送那么多钱？”原田躲在一栋房子后面探头张望，说道。突然，他哆嗦了一下。“不好，刚才那个警察追上来了。”他说着又跑了起来。

“我们到底为什么要逃啊！”田中嘴上这么说，还是跟着跑了起来。

6

田中和原田二人气喘吁吁地跑进了病房，满头大汗。

“真奇怪，你们怎么跑着来了？”忍苦笑着说道。

“因为想要快点看到老师你啊。”田中显然是在奉承，随后问道，“对了，出了什么事吗？我看到医院门口停着警车。”

“嗯，确实出了点事。”忍把昨夜有人潜入病房的事告诉了他们。

“半夜有小偷？”听完忍的话，原田歪着头喃喃道，“可是，溜进病房是这么容易的事吗？”

“是因为大医院疏于管理吧。虽然从正门进来时会有人检查，但医院大楼旁边的员工通道却能随意通行。一旦进入大楼，就可以光明正大地到处走动，因为会被当成病人。”

“哎呀，连救死扶伤的医院都这样疏于管理，真令人担忧啊。”原田说道。明明只是个初中二年级的学生，说起话来却像个大叔。“对了，有什么东西被偷吗？”

“我倒是没有，不过，奶奶……藤野女士的纸袋被偷走了。”

“真的吗？”田中回头看向藤野奶奶。

“那个小偷可真蠢，居然偷我这个老太婆的内衣。这种东西有什么可偷的？”

“不过，昨天有小偷趁着没人的时候潜入藤野女士家里，昨晚又有小偷来这儿，恐怕就是冲着藤野女士来的吧？”忍说。

警方也推测事情并非偷盗那么简单，所以再三询问藤野奶奶，可她坚称什么也不知道。“只是巧合罢了。”她不以为然地答道。

忍也躺在床上接受了警方的询问，但她没看到小偷的长相和体形，也不知道是男是女，根本帮不上忙。目前也没有其他目击证人，因此刑警一脸苦涩。

不一会儿，病房外传来护士的声音。“请不要在医院内奔跑。”

话音刚落，就听见一阵急促的脚步声迅速向病房靠近。脚步声的主人猛地打开了病房的门，简直像要把门拆了一般。是本间义彦来了。

“忍小姐，你没事吧？”本间跪在地上，探着身子望着忍，“啊，看到你没事真是太好了！当我听说有小偷闯入你的病房时，心跳都要停止了。”

“这也太夸张了。”原田嘟囔了一声。

“这家医院的安防系统太差了，我不能让忍小姐住在这样的地方。”本间咂了咂嘴，“嫌疑人的身份确定了吗？我们缴税就是为了让警察在这种时候出马，为我们解决问题的。”

“嗯，警方已经在认真调查了。”忍没有告诉他，其实到现在警方还没有发现任何线索，只好含糊地回应。如果这时新藤来了，事情就会变得更麻烦。

正当忍这么想时，一个熟悉的声音响起。“哟，大家都在啊。”新藤悠闲地走进病房。

本间用布满血丝的眼睛瞪着他。“瞧你这副样子，看来是抓住嫌疑人了？”

一进屋就被讽刺，新藤也怒目相向。“这件案子又不是我负责的。”

“这我不管，总之你该把这件案子放在最优先的位置。”

“我也想那样做，但每个人分工不同，各有各的职责。”

“那我想问问，这件案子的负责人是谁？我一个警察也没看到。”

“你怎么这么大的火气？”

“那当然了。忍小姐被侵扰，你难道不恨嫌疑人吗？”

忍想告诉本间她没有被侵扰，但看到本间那布满血丝的眼睛，又犹豫了。

“我当然恨啊，但光着急也没用。你没看到警察是有原因的。就在刚才，警方在这个辖区内发现了一起要案的证据，警察都被派去调查了。”

“什么要案？”忍问。

“伪造货币，也就是制造假钞。最近市面上出现了一批假钞，于是警方立案侦查。然而这批假钞竟在意想不到的地方出现了。”

“意想不到的地方？”

“在派出所的桌子上。就在巡警离开了一会儿的空当，不知是谁放在了桌子上。现在警方正在派出所周围调查。”

“这样啊。”忍应了一声，并不是很关心这件事。她感到有些不对劲，于是转头一看，只见田中和原田站在一旁，脸色煞白得如粉笔一般。

“星期六的早上，我在上学路上捡到的，就在垃圾堆里。”畑中战战兢兢地说道。

这里是医院的候诊室，辖区警察局的刑警正在向畑中了解情况。由于忍和田中他们也在，现场并没有讯问时的那种紧张气氛。

“在哪里的垃圾堆捡的？”刑警问。

“一丁目的邮局后面。”

“那离我家很近啊。”田中瞪大了眼睛。

“发现那些假钞时，现场是怎样的？”

“嗯……那些假钞在垃圾袋的后面，静静地躺在那儿……”

“现场没有其他东西吗？”

“没有。”

“你以为是真钞吧？”

被刑警这么一问，畑中重重地点了点头。“我一直以为是真钞。”

“但是你没有交给派出所。”

“对不起。”畑中低下了头，“我知道应该交给警察的，但是……”

“最终他还是交给你们了，这不就行了？”原田在一旁替畑中说话。

“但只是放在派出所的桌子上，我们很难办啊。”刑警目光锐利。

“对不起，是我交晚了。”畑中缩起身子，看起来可怜极了。

忍觉得畑中已经认识到错误了，这时刑警也正好合上了笔记本。“嗯，以后捡到钱要马上交给派出所哦，不管是真是假。”刑警似乎是想开个玩笑，但谁也没有笑出来。

刑警离开后，畑中立刻低下了头。“老师，好久不见……我真是太丢人了。”

“你又没有据为己有，没什么可丢人的。”忍安慰道，“不过，那些假钞造得那么逼真吗？”

“嗯，跟真的一模一样。”畑中使劲点了点头，“直到现在我还不敢相信是假的，只是摸起来好像比真钞薄一些。”

“这么说来，如果在大阪烧店用那些假钞的话，也不会被发现吧？”原田哪壶不开提哪壶。

畑中愁眉苦脸起来。“好啦，就别提这个了。真叫人难受。”

“哎呀，越来越懂事了呢，不愧是初中二年级的学生了。”

听到忍的话，畑中终于恢复了往日的笑容。

7

第二天傍晚，新藤和本间都来到了忍的病房。

“简直是辉夜姬[1]的故事嘛，”躺在一旁的藤野奶奶说道，“求婚者都凑齐了。不过这位小姐有点粗野啊。”

“我们订了绅士协定。”本间看了看藤野奶奶和忍，说道，“我在大阪的这段时间，可不能让他抢先。”

“真有意思。”藤野奶奶说，“恋爱就是要讲究策略。”

“藤野爷爷当年也用了策略吗？”新藤问道。

藤野奶奶一点也不害羞，用力地点了点头。“那当然了。我当年可被称为天神小町[2]，是个大美人。喜欢我的男人排成长队，光

---

①日本古代传说《竹取物语》的主人公，是一个被贬至凡间的仙女，由伐竹老翁抚养成人，美丽的容貌吸引众多男子登门求婚。

②小野小町是日本古代才貌双全的女诗人，后来人们常用“小町”指代美女。

是记住每个人的长相就把我累得够呛。至少有二十个男人跟我说，如果我不和他在一起，他就活不下去。”

“啊，这样啊。”

“我呀，”本间微笑着对忍说，“如果不能和忍小姐结婚，也不想活了。”

“啊，你这混蛋，竟然趁机为自己加分。”

“我这不是为自己加分，我是认真的。忍小姐，难道我死了你也无所谓吗？”

“无所谓，你快点去死吧。”

“我又没问你。”

“我是替忍老师回答你。”

“你这样多管闲事，会被讨厌的。”

“你这样装模作样，更会被讨厌。”

“你们两个别吵了。”忍打断了他们。这两个人一旦斗起嘴来，就连忍也难以制止。“如果你们来这儿是为了吵架的话，还是回去吧！”

两人挨了骂，终于老实了。

“真好啊，喜欢来喜欢去的，这种事可是年轻人的专利。”藤野奶奶说着下了床，“你们傻里傻气的，我还是去散散步吧。”

目送藤野奶奶出去后，忍问新藤：“假钞案有什么进展吗？”

“我来这儿之前去问了辖区警察局的同事，好像没什么进展。”

“真是玩忽职守啊。”本间说。

新藤斜着眼瞪了本间一眼。“我告诉你，我是搜查一科的刑警，原本就和假钞案没有关系。”

“畑中的证言起到什么作用了吗？”眼看他们两个又要吵起来

了，忍急忙问新藤。

“目前没有。”新藤摇了摇头，“虽然假钞被扔在了那一带，但这也无法说明嫌疑人就住在附近。不过，畑中的证言很重要，因此警方还没有对外公布他提供的信息。”

“一旦公布，那一带的居民一定会对万元钞失去信任，以为手中的钱也是假的。”

“畑中说那些假钞做得特别逼真。”

听了忍的话，新藤点了点头。“嫌疑人用了彩色复印技术，为了让颜色和手感都接近真钞，看来下了不少功夫。据说最近的机器连钞票都可以伪造。”

“假钞有什么特征吗？”忍问道。

“假钞没有水印，而且就像畑中说的，比较薄。此外，还有一个明显的特征，由于是复印的，钞票的编号是一样的。”

“嗯，大家一般不会一张一张地看编号，甚至连编号在哪儿都不清楚。”

“好像是在福泽谕吉肖像的下面。[①]”本间从上衣口袋里掏出了钱包，“不过我觉得，分辨不出真钞和假钞的人本身也有问题，应该凭直觉就能分辨出来——啊，果然是在肖像的下面。”为了让忍看清楚，本间将钞票递给了她。

“还是新的呢。”新藤在一旁说道。

“嗯，之前转让门票给藤野女士时她付给我的。还有一张，你看——”本间从钱包里又抽出一张钞票，和刚才那张放在一起。

一瞬间，三人沉默了——两张钞票的号码一模一样。

---

①福泽谕吉（1835 – 1901），日本著名教育家、思想家，其肖像自 1984 年起被印在面额为一万日元的纸币上。

8

制造假钞的嫌疑人是在星期三白天被捕的。藤野爷爷在店铺打烊后离开了家，嫌疑人便趁机潜入，被事先潜伏在家中的侦查员逮了个正着。

嫌疑人是个二十岁的大学生，一个人住在附近的公寓。据他交代，假钞是他用打工地方的彩色复印机制造的。在他的房间里，发现了散乱地堆放着的纸张和油墨。

“事情的起因，是这个大学生的母亲突然从老家来看他。”新藤解释道。忍躺在床上听着他娓娓道来，就像在听摇篮曲。“大学生慌了，因为他的屋子里到处都是假钞，于是只好将所有假钞都塞进了垃圾袋里。但是母亲可从来不会闲着，她以为袋子里装的就是垃圾，就扔掉了。大学生急坏了，想捡回假钞，却发现垃圾袋不见了。他在附近来回寻找，看到烟草店的老板拎着一个眼熟的垃圾袋回了家。”

据藤野爷爷说，他发现那个垃圾袋时，袋口微微张开，露出了里面成捆的钞票。他猜想也许是猫把袋子弄破了。畑中捡到的正是从袋子里掉出来的假钞。

藤野爷爷想去医院找老伴商量，但忍他们一群人在病房，他没机会开口，所以什么都没说就回去了。

“嫌疑人为了拿回假钞，下了很大功夫。他闯入藤野家，又跑到医院的病房。毕竟那些假钞做得很逼真，几乎和真钞具有同样的价值。也正因如此，他马上就落入了警方设下的圈套。”

警方认为嫌疑人一定会再来拿回假钞，于是派刑警潜伏在藤野家，特意让藤野爷爷外出。结果，实施计划的第一天，就抓住了嫌疑人，实在是大快人心。

“藤野奶奶，”忍看向藤野奶奶，“您是什么时候发现那些钱的？”

藤野奶奶紧闭双眼，看起来闷闷不乐。“嗯……我老伴拿着那个装了钱的手提包过来的第二天。”她冷冰冰地说道，“我想从包里拿换洗的衣服，结果看到了成捆成捆的钞票。我还以为是在做梦。”

“于是您就和爷爷商量，决定把钱私吞？”

“你说话怎么这么难听呀，”藤野奶奶睁开眼睛，“我只是接受了老天赐给我的东西。”

“但是，嫌疑人多次上门来想要拿回那些钱，您不感到难受吗？”忍问。

藤野奶奶咂了咂嘴。“他用那种方法来拿钱，说明那些钱肯定是不义之财。既然是这样，即使我们留下了，也不会给谁造成麻烦，我反而放心了。”

听到这番回答，忍和新藤不禁对视一眼，苦笑起来。

“不过，藤野奶奶，真遗憾，那些钱不是真的。”新藤说。

藤野奶奶听到这句话，露出无奈的表情，五官都变形了。“我真的到现在也不敢相信。当那个姓本间的小伙子说我的钱是假钞时，我还以为他是想让我坦白私吞了那笔钱的事，故意骗我的。”看来，她也知道这样的行为是将他人的钱财据为己有。

“所以说，天上掉馅饼这样的好事是不会轻易发生的。”新藤哈哈大笑起来。

就在这时，病房的门打开了。是本间。

新藤的笑容僵住了。“你怎么又来了？”

“我要回东京了。”本间一把推开新藤，走到忍身边，“我很快就会回到你身边。请一定要等我！”

“哦。”忍被本间的气势吓着了，瞪圆眼睛，点了点头。

“那我走了，但在走之前——”本间迅速转过身，俯视着躺在病床上的藤野奶奶，“藤野奶奶，请还我两万块。您给我的那两张假钞被警察没收了。喂，藤野奶奶！”

藤野奶奶用毛毯蒙住头，就像以前那样，假装打着呼噜睡着了。

第五章

忍老师搬家

1

案发地点是东成区大今里的一栋住宅，从地图上看，就在离地铁千日前线的今里站东北方向几百米的地方。但由于道路纵横交错，有时还会遇到死路，因此难以到达目的地。终于到达时，已是深夜，案发住宅的门前挤满了人。这栋住宅位于这排二层多户楼房最靠边的地方。

"新藤长官，你可真是来得晚啊。"

新藤拨开看热闹的人群，一走进屋子，就听到有人这样对他说。说话的人是前辈漆崎，此刻正在房屋左侧的厨房，对着排气扇抽烟。

"大半夜被叫出来，真是够受的。光是拦出租车就花了好长时间，而且这一带的路也太乱了。"新藤走进厨房，来到漆崎旁边。

厨房大概只有三叠大，无法兼用为餐厅。房屋中央是一间六叠大的和室，往里走应该是厕所和浴室。面前是通往二楼的楼梯。

"案发现场在哪儿？"新藤问道。

漆崎用大拇指指了指楼上。"要不要去看看？"

新藤跟着漆崎，走上楼梯。楼梯很陡，是木制的。辖区警察局的侦查员们朝他们打了招呼。

二楼有两间和室，一间六叠大，另一间四叠半大。在六叠大的和室里，铺着一床被子，上面染着暗红的血渍。

“啊——”新藤不禁低声叫出来。

“尸体已经被移走了，”漆崎说道，“在新藤长官来之前。”

“别讽刺我了。”

“被害人为男性，四十出头，其貌不扬，穿着肮脏的夹克衫和裤子，身份不明。”

“身份不明？”新藤噘着嘴问道，“这是什么意思？被害人不是这家的住户吗？”

“不是。”漆崎打了个大大的哈欠，摇了摇头。

“那这家的住户在哪儿？怎么一个人影也没瞧见？”

“这里只有一个人住，独居，已经被东成警察局的同事带走了，因为那个人就是犯罪嫌疑人。”

“啊？”新藤感到十分诧异，随后重重地点了点头，“哦，我知道了。被害人的身份应该很快就能确认。到时候一问嫌疑人，就什么都知道了。”

“但嫌疑人说并不认识被害人。”

“什么？”新藤张大了嘴，“杀死了不认识的人？怎么可能！”

“嫌疑人说，有个陌生男人半夜突然闯入家里，嫌疑人以为有危险，大脑一片空白，就反击了，结果对方就倒下了。”

“啊，如果是这样，难道是……”

“嗯，正如你所想的。”漆崎噘起下唇点了点头，“本案是否适用于盗窃防治法，将成为接下来要讨论的重点。只要继续调查，就会有结果的。”

盗窃防治法中有一条关于正当防卫的特殊条款。若有人非法闯入民宅实施盗窃，当事人因过于惊惧而将闯入者杀死，不会被追究刑事责任。

“住在这里的是女性吗？”

“是。”

“看来，那个男人闯进来可能不仅仅是为了钱，也可能进行肉体方面的侵犯。”新藤强调了“肉体”一词，“正当防卫成立的可能性很大，不过也要考虑到是否防卫过当。”

“她说根本没想杀死对方。她半夜起来上完厕所后，准备回二楼继续睡觉，但突然察觉楼上有点不对劲。她隐约听到咔嗒咔嗒声，于是拿起放在玄关的门球杆——”

“等、等一下。”新藤伸出手，打断了漆崎，“门球？住在这里的女士多大了？”

“六十二岁了。不过，不能因为她年纪大，就排除肉体侵犯的可能性。妇女组织会抗议的。”

“六十二岁……门球杆……”被杀的男人会死不瞑目吧，新藤想。

漆崎和新藤在东成警察局见到了这个名叫松冈稻子的六十二岁妇人。她穿着一件明亮的草绿色开衫，身材瘦削，看起来比实际年龄更加苍老，而且又因为出了这种事，脸色很憔悴。

“我拿着门球杆，悄悄地爬上楼梯，听到那间四叠半大的房间里有声音。仔细一看，有个人影，我就问是谁。一个男人突然站起身，朝我扑来。实在太可怕了，太可怕了。我跑到铺着被子的那个房间，他也追了上来。我当时以为要被杀死了，于是拼命地挥动门球杆，也不知道有没有打到他。当我回过神来的时候，那个男人已经倒下了，被子上都是血。有五分钟，不，十分钟吧，我都呆呆地瘫坐在地上，无法动弹。之后，我手脚并用，用尽全身力气爬下了楼梯，来到电话旁。警察先生，人啊，一到紧急关头就掉链子。我想报警，却想不起报警电话一一〇，我不停地琢磨，到底是一〇一还是〇一一。过了好一阵子，我才拨通了电话，请警察过来。”

松冈稻子语气平淡地向新藤他们说明了事情的经过。或许是已经向辖区警察局说过一次的缘故，她的话相当有条理，没有任何矛盾之处。

“你看到那个男人的脸了吗？”漆崎问。

松冈稻子皱着眉，点了点头。“虽然感到恶心，但我还是看了，因为我担心可能是认识的人。”

“是认识的人吗？”新藤问。

松冈稻子使劲摇了摇头。“我从没见过他。虽然如此，我并不认为他死了也无所谓。我做了恶劣的事情。”说着，她深深地低下头，开始流泪。

“最近，你有没有跟谁讲过家里面放着值钱的东西之类的？”也许是见不得松冈稻子落泪，漆崎的语气更加温和了。

“为了交养老院的定金，我昨天白天从银行取了四百万，钱就放在二楼的柜子里。”

“四百万……这件事和别人说过吗？”

“我记不清了。不过，有可能是我在银行取钱的时候被人看到了。是三协银行的森之宫支行。”

“这样啊。”漆崎双手抱在胸前。

案发后的第三天，死者的身份得到了确认。有个姓江岛的男人说他看了登在报纸上的肖像画，发现死者长得很像一个熟人。江岛说，他借了十万元给死者，一直在找死者，让他还钱。

接到通知后，新藤去了东成警察局。

据江岛说，死者叫永山和雄。此人有前科，经过指纹比对，最终身份得到确认。

江岛还告知了永山的现住址。当新藤在办公室看到那栋公寓的地址时，不禁叫出了声。

“怎么了？”东成警察局的刑警问道。

“没什么。那个——”新藤压低音量，“公寓的情况就交给我去打听吧。”

2

“突然把我叫出来，还以为是什么好事呢，原来是做这个啊。”田中铁平一边将书放进纸箱，一边抱怨。

“别废话了，反正春假你也没事可做。”忍整理着衣柜里的衣服答道。

“田中是没事可做，但我很忙的。我本来要去难波的高岛屋百货商店的，那里的运动服和牛仔裤正在大甩卖呢。可田中和我说来这儿绝对更好玩，我就来了。没想到竟然是让我们帮忙搬家。我才是最大的受害者。”一直唠叨个没完的是原田郁夫。他和田中一样，是忍教过的学生。他负责用报纸把餐具包起来，再放进纸箱。

“抱怨可真多啊，真拿你们没辙。我们先休息休息，喝杯茶吧。”穿着牛仔裤的忍拍了拍大腿，站起身来。

“应该会有令人心情舒畅的美味点心吧？”田中嗖地来到桌边，以老大爷般的口吻说道，“不过我丑话说在前头，休想用便宜的豆沙饼来打发我们。”

“我是什么人啊？会给你们买那种没档次的东西吗？”

田中和原田看到忍拿出来的奶酪馅饼，拍手称赞。

“不愧是老师啊，对吃的真在行。”

“一说到吃，老师绝不马虎。”

“想吃就快去洗手！”

在忍的命令下，田中和原田立刻向洗手间跑去，就和小学时一样。

“说起来，时间过得真快，我们都毕业两年了。”田中津津有味地吃着奶酪馅饼，“老师，你就要回学校工作了吧？会不会都忘了该怎么讲课啦？”

“一说起这个，我还真是有点苦恼啊。”

听到忍如此回答，二人瞪圆了眼睛，十分意外。

“咦？老师你居然也会这么没底气？”原田一点一点地吃着点心，“平时明明一副自信过头的样子。”

“谁自信过头了？我这么谦虚的人。”忍突然瞪大眼睛，但又立即沮丧地叹了口气，“怎么说我也有两年没和孩子接触了。这次回学校，不知道还能不能好好把握住孩子敏感脆弱的心，所以很不安。”

“你不是和我们接触了嘛。”原田说道。

“就是就是。”田中也点点头，喝了口红茶。

“不一样的，你们已经是中学生啦。再说了，你们哪里谈得上敏感脆弱，脸皮比城墙还要厚。”

“说什么呢！”二人异口同声。

竹内忍曾经在大路小学任教，教过田中和原田。后来，为了提升教师的业务水平，去了兵库县的一所大学学习。现在，两年过去了，她已经顺利毕业，下个月要回学校继续当老师了。当初为了好好学习，她租了这间公寓。下周她将搬离公寓，回到老家。

“接下来老师你要去的是阿倍野的文福小学吧？那所学校水准很高，非常有名。PTA[①]肯定也不会让人省心。”原田直戳要害。

“那所学校水准高、人数少，所以能照顾到每个学生，也正因此，教师对学生的影响很大。真是责任重大啊。”

“哎呀，老师你就别担心了。你一定没问题的。”田中一边说，一边拍着忍的肩膀。

“我要是还得靠你鼓励的话就完蛋了。”忍叹了口气。

这时，门铃响了。透过门镜一看，新藤正笑嘻嘻地站在门外。忍有些惊讶，打开了门。

“新藤先生，你怎么来啦？”

“我正好来这栋公寓有点事——”新藤说着朝屋里望去，随即皱起了眉头，“什么嘛，又是你们。”

“这是在和我们打招呼吗？我们可不是来玩的，是来帮老师搬家的。”田中抗议道。

“哦，这样啊。老师终于要离开这里了。不过现在就收拾，是不是早了点？”

“新藤先生，你说来这里有事，是什么事？”

“啊，其实我是来找你的邻居的。不过好像不在家。”

“找安西小姐？”

“嗯。老师，你和她有交往吗？”

---

①家长教师协会（Parent-Teacher Association），协调教师与家长的关系、加强双方沟通的团体，通行于欧美和日本。

“也谈不上有交往……她这个月才搬来的。”

“哦，这样啊。”

“也就搬来了两个星期左右。”

安西小姐三十五岁上下，身材苗条，容貌姣好，带着一个看起来差不多在上小学五年级的女儿。门牌上写着安西芳子，但忍好几次见到一个中年男子出入安西家。

“那个男人叫永山和雄，和安西芳子同居。他被杀了。”

“什么？”忍瞪大了双眼。

新藤将东成区发生的案件告诉了忍。案发现场离这里不远，最多也就两千米。

“直到现在，安西小姐还没和警方联系，恐怕她还不知道永山已经死了。虽说他们只是同居关系，但同居的男人失踪了，她却没有报警，着实奇怪。所以我直接来找她。”

“而且，老师也住在这里，对吧？”原田坏笑道。

“嗯，我不否认这一点。”新藤爽快地回答。

这时，隔壁有声响传来，还夹杂着说话声。应该是安西母女回来了。

新藤的表情严肃起来。“我过去看看。”

新藤离开后，忍将厨房里面向走廊的窗户微微打开，通过缝隙偷偷观察隔壁的情况。只见安西芳子打开了房门，新藤正恳切地向她说明来意。安西芳子发出惊呼。看来，她似乎不知道永山出事了。

几分钟后，新藤带着安西芳子离开了公寓。

3

新藤带走安西芳子约一小时后，田中站在阳台的落地窗前朝忍招了招手。“她在做什么？”他透过落地窗指着隔壁的阳台。

安西芳子的女儿正倚着栏杆，以手托腮，凝望着远方。让人惊讶的是，她还戴着随身听耳机，右脚跟随音乐节奏打着拍子。

“感觉不像是家里有人被杀的样子。”

田中也有和忍同样的感觉。

忍假装打扫卫生，来到阳台。女孩仍旧望着远方。她长着细长而清秀的大眼睛，脸形很漂亮，是个美少女。

“哎，你在做什么？”忍和她搭话。

女孩慢了半拍才反应过来，转头看向忍，摘下了耳机。“什么？”

“你在听什么？”

“哦。”女孩嘴角微微上扬，“尾崎丰。”

“尾崎丰啊……只可惜英年早逝。”真是沉闷的趣味啊，忍心想。

“有才华的人，是会早早离开的。”女孩说完耸了耸肩，“不过，也不全是这样。”

“你妈妈去哪儿了？”

“被警察带走了，因为有个认识的人死了。”

“这样啊……”忍觉得女孩在说“认识的人”时完全不动声色，“哎，要不要来我家喝杯茶？还有蛋糕和没吃完的奶酪馅饼哦。”

女孩看起来有一丝犹豫。“可以是可以……但你家好像有客人。”

“客人？嗨，他们是来帮忙的，不用管他们。来吧，我去倒好茶等你。”

忍从阳台回到屋里，立即吩咐田中和原田收拾凌乱的房间。

“是，是，都听你的。反正我们只是来帮忙的。”

“而且还没有报酬。早知道会这样，应该把点心吃光的。”

二人又开始抱怨了。

门铃响了，女孩过来了。忍用红茶和打算晚上享用的蛋糕招待她。女孩说好久没有吃蛋糕了，笑着露出洁白的牙齿。

女孩叫千鹤。忍也做完自我介绍后，顺带介绍了田中和原田。从二人略显紧张的样子来看，千鹤比他们预想中的还要漂亮。

“你是小学老师啊——原来还有这么年轻的老师呢。我遇到的老师净是老头和老太太。”

“也没那么年轻啦。”田中多嘴道。忍在桌子底下掐他的大腿。

“工作的女人好酷啊，感觉很独立。”

“千鹤，你以后想做什么？”

“我想当护士。每当看到痛苦地躺在病床上的病人，我就想要为他们做点什么。”

“佩服。”原田真的向她鞠了一躬。

“对了，我有件事想问问，希望不会冒犯到你。刚才听你说，有个认识的人死了——那个人是不是有时候来你家的男人？”忍鼓足勇气，直截了当地问道。

千鹤的表情瞬间凝固了。“什么嘛……原来你都知道啊。”

“也不能说是知道……前两天看到报纸上登着肖像画，感觉挺像那个人的。他是你爸爸吗？”

“那个人和我没有任何关系。”千鹤冷冰冰地说完后，从椅子上起身，“谢谢招待，蛋糕很好吃。”

“啊，红茶喝完了，我再给你倒一杯吧……”

千鹤没有回答，离开了忍的公寓。

千鹤走后，原田说：“老师，你果然变得迟钝了。要是以前的你，肯定可以和小孩沟通得更好。”

“是啊……”看到田中和原田一起点头，忍沮丧极了。

这天晚上，新藤约忍在难波的一家咖啡店见面，然而并非约会，而是想让忍协助办案。刑警漆崎也来了。

“照片中的这个女人你见过吗？比如有没有见她出入过你邻居的家？”

漆崎拿出的照片上是一个瘦削的老妇人。忍从未见过这个人。“没见过。”

“是吗？”漆崎叹了口气，收起照片，“这个女人叫松冈稻子，就是她杀死了永山和雄。但问题是，永山为什么会去松冈家？”

“难道不是为了偷钱？”

“如果那么简单，我们就不用费力了。永山是否想要盗窃，目前还没有相关证据。松冈在案发的前一天去银行取过钱，但没有证据证明永山当时也在那里。而且，虽然永山有触犯禁毒法的前科，但并没有盗窃和抢劫的前科。”

“松冈和永山没有交集吗？”

“目前没有发现。”

“他老婆……安西小姐怎么说？”

“她说根本不认识松冈稻子，也不明白永山为什么会闯入松冈家。”

“这样的话，只能认为永山是想要盗窃了。”

“没那么简单。这可是杀人案。而且，松冈的正当防卫是否成立，这一点也很微妙。”

“所以，你们需要找出他们两人的交集？”

“当然。不过，找不到他们的交集也没关系。如果松冈是正当防卫，被判定无罪，那我们就省事了，心情也会好一些。但是，眼下该做的还是要做。”

“你说得对。”忍吃了一口奶油蛋糕，问道，“案件大概是几点发生的？”

“凌晨一点左右。”坐下后一直沉默不语的新藤开口了，“永山是从大门闯入的，推拉门的玻璃有遭到破坏的痕迹。他没脱鞋子上了二楼，翻找柜子时被松冈撞见了。”

“这样说来，怎么想永山都是小偷啊。”忍看着漆崎说。

“不过这些都是松冈单方面的证词。说不定是她有计划地把永山叫来，杀了他之后，再伪造出被偷的假象。”

“你的疑心也太重了吧？”

“怀疑是我的工作嘛。”漆崎说着，又伸手从西装的内侧口袋中拿出一张照片，“请你再看看这张照片。”

是一张彩色的宝丽来照片，照片上是一双黄褐相间的高跟鞋，看起来有些旧。

“关于这双鞋，你怎么看？”

“什么意思？”

“你觉得是多大年纪的人穿的？”

“不好说啊……”忍将照片拿到面前，“学生可以穿，上班族穿也没问题，看个人喜好。”

“如果是六十几岁的人穿呢？”

“那就不太合适了吧？”忍说完后，恍然大悟地看向漆崎，“难道……”

“这双鞋是从松冈稻子的鞋柜里发现的。对于一个六十二岁的女人来说，这双鞋未免过于花哨了，而且和其他几双鞋的尺码也不同。因此，我认为这不是松冈的鞋。到底是谁的呢？”

“会是谁的呢？”

“这就是我们接下来要调查的事情。”漆崎搪塞了过去，将照片放回口袋里。

“前辈是在怀疑安西芳子。”在送忍回公寓的路上，新藤在出租车里说道。

“怀疑永山的老婆？”

“他们只是同居，并没有结婚，而且安西芳子想和永山分手。我去他们以前居住的地方打听过，据说永山不仅不往家里拿钱，还抢走安西芳子微薄的工资。只要安西芳子反抗，永山就会对她拳打脚踢，喝醉了也会打她。那个男人简直一无是处。”

“千鹤不是永山的女儿吧？”

“不是。千鹤是安西芳子和前夫的孩子。安西芳子的前夫在一次事故中遇难，后来安西芳子在酒馆工作时认识了永山。”

永山死了，千鹤却未显露出丝毫悲伤，原来是这个原因。

“漆崎先生认为安西小姐有作案动机？”

新藤点点头，看上去有些痛苦。“他推测那双高跟鞋就是安西芳子的。他认为，安西芳子杀死永山后，从松冈家逃走。之后，由松冈报警，坚称是正当防卫。如此一来，谁都不用承担罪名。前辈认为这是她们两人的计划。”

“可是，安西小姐和松冈女士之间并没有交集啊。”

“是的，目前还没发现她们有交集。还有一个疑点，就算高跟鞋是安西芳子的，但她为什么会把鞋留在松冈家呢？她离开的时候应该会把鞋穿走，这才符合常理。”

“是啊。”其实忍不愿赞同漆崎的说法。她想起了千鹤说想当护士时的那双眼睛。她不希望那个孩子成为杀人犯的女儿。

出租车停在了忍的公寓前。忍道谢后下了车。

“你什么时候搬家？”坐在车内的新藤问。

“这周四。”

“我会过来帮忙。”

出租车发动了，新藤在车内向忍挥手。忍目送着出租车离开，直到车子消失在视野中。她转身看向公寓，安西家的灯已经关上了。

4

案发后的第五天，一直在调查的漆崎获得了重要线索。据送报纸的人说，案发后的第二天早上，他曾目击安西芳子回到家中。

警方立即把安西芳子叫到了东成警察局。

“安西小姐，那天一大清早，你去了哪里？还是说，头一天晚上你就出去了？方便的话，能不能告诉我们？”在一旁记录的新藤觉得，漆崎的口吻虽然温和，但显然已完全将安西芳子视为了嫌疑人。

安西芳子得知有人目击她外出归家，很是震惊。看到她的脸色，新藤也感觉她有些可疑，同时，忍那忧心忡忡的模样浮现在他的脑海中。

"安西小姐，能不能告诉我们？"漆崎重复了一遍。

新藤想，如果安西芳子再不回答，漆崎就要发火了。

就在这时，安西芳子开口了。"我……我去了朋友在天王寺开的店。"

"朋友开的店？是什么店？"

"小酒馆。很小的店，只有个小小的吧台……"

"店的名字？"

"'神酒'，用片假名写的。"

漆崎向新藤使了个眼色。新藤站起身，去办公室查了一番。确实有一家叫神酒的店。他立即和一名东成警察局的刑警前往调查。

三十分钟后，新藤到达了神酒。的确是一家小店。

"那天芳子是来过，大概十点吧。我们很久没见了，聊得很开心，一直喝到天亮。嗯，因为那晚她说很想喝酒。我们已经有一年……不，两年没见了。虽然这两年没有联络，但一直很记挂她。别的客人？嗯，当时有几位常客也在店里。电话号码？不太好吧，如果给客人添了麻烦，他们以后就不会来了——这样啊，那拜托了。话说回来，发生了什么事吗？"嘴唇长得像明太子的老板娘为芳子做了不在场证明。

"听起来那个老板娘不像是在说谎。"

"嗯，我已经和一名员工、一位客人确认过了，确实如此。"

"啊，真的吗？"漆崎喃喃道，"但我还是觉得不对劲。为什么安西芳子只在那天晚上去小酒馆？我觉得，她就是为了制造不在场证明。"

"无论如何，安西芳子是清白的，这一点不会错。"

“真的是这样吗？”漆崎从椅子上滑落下来，抬头望着天花板。就在这时，旁边的电话响了。漆崎拿起听筒，下一刻，整个人跳了起来。“你说什么？”

“怎么了？”

漆崎又说了两三句后，挂上了电话。他的脸色都变了。“麻烦了……松冈稻子病倒了，现在被送去警察医院了。”

“啊？”新藤往后一仰。

5

搬家当天，天气晴朗，一大清早搬家公司就来了。工作人员将忍这两年用的家具和摞成小山的纸箱搬上了卡车。忍和前来帮忙的新藤并排坐在窗台上，看他们搬运东西。

“癌症？”听到松冈稻子的病症，忍皱紧了眉头。

新藤面色沉重地点点头。“她原本就患有胃癌，现在转移了。已经是晚期了，随时都可能离世。”

“啊……”

“之前一直在住院治疗，但她觉得为时已晚，所以坚持回家疗养。”

“就那样一个人在家等死吗？”

“对。她身边也没个亲人陪伴照顾，太不容易了。”

“漆崎先生什么反应？”

“那个大叔可着急了，说要在松冈稻子死之前问清真相。我可不要成为像他那样的刑警。”新藤恳切地说道。

所有东西都被搬上了卡车，搬家公司的人开车朝忍的老家出发了，她的母亲会在家里接应。忍打算稍微打扫一下再离开。

“那么我先走了。你回老家一安顿好，就联系我啊。”

“好，谢谢。”忍礼貌地鞠了一躬。

家里没有其他人了，忍开始打扫阳台。

“你要走了吗？”一个声音传来。忍抬头一看，千鹤正站在隔壁的阳台。

“嗯，我要离开这里了。”

“哦。”千鹤稍稍探出身子，“要不要来我家喝杯茶？”

“可以吗？”忍问。

“当然可以啊，喝杯茶而已。”

“那我就恭敬不如从命啦。”

安西家的家具很少，看起来空荡荡的。墙上别说海报了，就连日历也没贴，为数不多的几个纸箱还有没开封的。

忍和千鹤面对面地跪坐在小小的矮脚饭桌前，喝着日本茶。

“你要搬到哪里去？”千鹤问。

“搬回平野区的老家。”

“你家里都有什么人呢？”

“父母和妹妹。”

“有这么多家人，真好啊。”

“是吗？嗯，你说得对。”忍环视周围。简易组合柜旁立着一本素描簿。“这个可以让我看一看吗？”

“我画得不好，不是很想让别人看到，不过就给你看看吧。”

素描簿里大多是风景画。除了写生以外，还有想象出来的景色。当翻到一张画时，忍停了下手中的动作。画中是一个女人站在一栋白色的建筑前。

“这是……哪里？”

被忍这么一问，千鹤的表情出现了微妙的变化。“不记得是哪里了，应该是学校吧。”

“站在建筑前的这个人是谁？”

“我也不知道。应该是陌生人吧。好了好了，别看了。”千鹤一把夺回素描簿，将其合上，放在身后。

从安西家出来后，忍没有回屋，而是跑到了附近的电话亭，打电话给大阪府警本部。

“喂，是新藤先生吗？我是竹内。我想请你调查一下松冈女士之前住在哪家医院。”

6

那天晚上，新藤和漆崎在梅田的咖啡店向安西芳子问话。忍和新藤面向安西芳子而坐，漆崎则坐在隔着一条走道的座位上。

“由于我们没有拿到千鹤的照片，所以无法下定论，但从护士的证词来看，大致情况已经可以确定了。”新藤语气沉稳，“嫌疑人松冈曾住过院，当时千鹤经常去看望她——是这样吧？”

安西芳子如同冻住了一般，一动不动。许久之后，大概是觉得已经无法再隐瞒下去了，她浑身没了力气，如同冰雪融化了。

“是的，是这样的。”

“她们二人是什么关系？”新藤问道。

安西芳子叹了一口气，嘴角松弛下来。“什么关系也没有。千鹤在医院的院子里玩耍，两个人偶然认识的。是我没有尽到做母亲的责任。松冈女士很疼千鹤,待她像亲孙女一般……”说到这里，安西芳子用手帕擦了擦眼角，“是我说要杀死永山的。”

“什么？”忍和新藤异口同声。

“我已经无法忍受了。那个男人简直不可理喻，就是个人渣。如果不合他意，他就会疯狂地打我，还说如果我不听话，他就给千鹤注射毒品……”

“简直连人渣都不如……”忍嘟囔道。

“于是，我便找到松冈女士。我打算杀掉永山，然后自杀，拜托松冈女士收千鹤为养女。可是松冈女士不同意，她说这样对千鹤不好……”

“然后呢？”漆崎问。

“松冈女士说她有办法，但我不必知道细节，由她来处理一切。不过她让我答应她三件事。首先，她要我借给她一双永山熟悉的鞋；然后，她希望我离家一晚，并和信任的人待在一起；最后，事发后绝不再和她见面，无论谁问起，都要说不认识她。”

忍想，原来松冈那时就已经打算利用正当防卫这一点了。

“我完全不知道松冈女士打算怎么做，但还是按照她所说的做了。第二天早上，我回到家，千鹤说：‘昨天那个男人打电话来，说了两三句便怒气冲天，说最好别让他知道妈妈你在外面有男人了。’我不知道是怎么一回事，不过之后永山就一直没有回来。开心之余，我也有些担心和害怕……”

漆崎之前推测，松冈给永山打了电话，告诉他安西芳子出轨了，并把安西芳子和情人幽会的地点告诉了他。实际上，那就是松冈自家的地址。永山怒气冲冲地来到松冈家，一开门便看到了安西芳子的鞋，于是气得火冒三丈，冲上楼梯，而松冈早已拿着门球杆在二楼等他了。

安西芳子所说的话，证实了漆崎的推理几乎完全正确。

“当你听到命案的消息时，一定吓了一跳吧？”新藤说道。

“是啊。”安西芳子用力点了点头，“了解了情况以后，我总算明白松冈女士的用意了。我很佩服她能想出这个办法，虽然满心歉意，但不想让她的努力化为泡影，所以就按照她的指示，坚决不承认认识她。”安西芳子泪如雨下，店里的人都朝她看过来。“刑警先生，是我不好，是我先说要杀了永山的……这不关松冈女士的事，要惩罚就惩罚我吧……”她哽咽了。

“我想问一个问题。”忍说，“你嘱咐过千鹤，让她说不认识松冈女士吗？”

安西芳子摇摇头，脸上还挂着泪珠。“我没和那孩子说过，因为不知怎样才能说明这一切。所以，如果刑警先生去问她，就会立刻知道我们和松冈女士的关系。”

“不，我觉得并不是这样。”忍断言道，“千鹤大概已经多少知道这件事了。虽然松冈女士的名字没有出现在媒体上，但千鹤可能通过命案发生的地点猜到了。我之所以有这样的推测，是因为千鹤说她不认识自己画中的松冈女士。”

“啊……那孩子……”安西芳子一下愣住了，失神地望着前方。

“安西小姐，我有个请求。请让千鹤去看望松冈女士吧。如果松冈女士就这样走了，千鹤的心会留下一辈子的创伤。拜托了。”忍低下了头。

安西芳子不知如何是好。“啊……但是千鹤……”

“走吧。”新藤起身，“我送你们去。”

“好……好吧，我明白了。我去问问千鹤。”

在新藤的催促下，安西芳子走出了咖啡店。

留在咖啡店的忍往椅背一靠，深深地叹了口气。“漆崎先生。”

“怎么了？”漆崎的声音里夹杂着疲惫。

“对不起，我多管闲事了。”

“说什么呢？”漆崎将冷掉的咖啡一饮而尽，“松冈稻子杀了人，安西芳子则是教唆杀人。但是，真棘手啊。如果松冈什么都不说就死了，一切就结束了。”

“漆崎先生……”

“好了，我该回家看看孩子了。”漆崎拖着沉重的脚步，走出了咖啡店。

忍拿起账单朝收银台走去，目光停在了眼前的公用电话上。她突然很想听听母亲的声音。

“喂，妈妈？”

电话接通了，听筒那边传来要把耳朵震痛的声音。“忍，你跑哪儿去了？到底在干什么？搬家公司把东西都送到家了，也没见到你的人影！你这个孩子啊——”

第六章

忍老师回来了

1

好讨厌啊，好讨厌啊！好想赶快回家。不快点回去，补习班会迟到的，迟到肯定会被妈妈骂。可是，跳不过去就不能回家。好讨厌啊，好讨厌啊！山下老师是个大笨蛋！我不想跳了，这玩意儿我根本跳不过去啊——

涩谷淳一一边想着肯定跳不过去，一边朝跳箱跑去。他刚跑到踏板前，便猛地放慢了速度。虽然大家都说，他就是因为在踏板前放慢速度才会跳不过去，然而他一靠近跳箱，还是会害怕。

他无力地在踏板上一蹬，身体微微悬空。当然，这点高度根本不足以越过跳箱。扑通一声，他的屁股磕在了跳箱上。

“啊——啊——”涩谷淳一叫唤着从跳箱上爬下来，环视四周，确认没有人看到他刚才的窘态。练习地点位于两栋教学楼之间，从操场上几乎看不到这里。涩谷淳一刚松了一口气，却立刻发现有一个女人站在旁边大楼的后门处。涩谷淳一看了女人一眼，女人快步走开了。

即使是被不认识的人看到现在狼狈的模样，涩谷淳一也感到难受。他瞪着跳箱，怨恨从体内涌了上来。当然，这怨恨是冲着那个让他留下来的老师的。

涩谷淳一走向厕所。这是他开始练习后第三次上厕所了。其实他并不是很想去，也尿不出来，只不过是想要逃避跳箱的意识让他有了这样的行为。

从厕所回来的途中，涩谷淳一偷偷去教师办公室看了看。山下老师还没来。涩谷淳一希望山下老师可以快点来。

“怎么样了，涩谷？会跳了吗？跳一次我看看。”每当听到山下老师这么说，不管怎样也要试一试，不过反正也成功不了。每到这时，山下老师便露出为难的表情，给出这样或那样的指导。就这样，天渐渐黑了。“没办法，明天继续吧。”山下老师说道。

这已经是第四天了。截止到昨天，最初不会跳跳箱的其他同学都已经学会了，只剩下涩谷淳一一个人。

山下老师快点来吧，反正我也不会跳！涩谷淳一愤愤地看着办公室，但办公室的门依旧没有打开。

涩谷淳一回到跳箱前。他痛恨这个梯形的箱子。不久前讨厌的是单杠，再之前是垫子。山下老师喜欢器械体操。

涩谷淳一提不起一点兴致，但还是开始了助跑。不要在踏板前放慢速度——他满脑子都是这句话。

起跳。双手支撑在跳箱上。

双手动了——不，是跳箱动了。下一个瞬间，涩谷淳一的身体倒向一边。

他还没来得及喊出声，只感到头晕目眩，天旋地转，接着身体撞上了倒塌的跳箱。

涩谷淳一哭了起来。

2

看到新藤将杯子里的水一饮而尽，忍马上就看穿了他想做什么。刚才在电话里，新藤听起来相当激动，见到他时，又发现他穿着平时不常穿的西装。忍开始只是隐约有这种预感，当与新藤面对面坐下时，才确信了这一点。

“老师……不，忍小姐。”新藤将空杯随手放在桌子上。

“嗯。”忍回答。

“今天你一定要给我答复。”

“什么答复？”

“就是那个啊……”新藤四下张望。因为是周六的下午，大阪市区的咖啡店里人很多。

旁边桌子坐着两个中年妇女，像是刚从百货公司购物归来，此时正互相夸示着战利品，大声说着话。忍和新藤进来的时候，她们桌上的冰激凌盘子已经空了。

新藤使劲探出身子，小声说：“结婚的事。”

“结婚？”

“对。”他又四下张望了一番，继续说道，“老师，你到底是怎么想的？虽然我很有耐心，但也是有限度的啊。”

忍大笑起来。

“有什么好笑的？”新藤气呼呼地问。

“我不记得说过让你等我。”

“啊，怎么能这么说呢？你当然说过了。”新藤看了看旁边，又看向忍，“你忘记两年前的事了吗？我向老师你求婚时，你说什么来着？你说想成为更加出色的教师，要去深造，希望我等你。这不是你亲口说的吗？”

“这……”忍瞪圆了眼睛，“我不是这么说的。我说的是要去深造，所以不能答应你的求婚。”

“这不是一个意思嘛。因为要深造，所以回答是NO，当你深造完，就会重新考虑。”

“是这个意思吗？”忍歪着脑袋。

“就是这个意思。”新藤拍了拍桌子，“今年春天老师你从大学毕业，这周开始就重回讲台了。这样一来，我两年前的求婚就重新生效了。所以我想问，对于我的求婚，老师你到底要多久才能给我答复呢？”

“可是，你这么着急要我回答……”忍皱起眉头。

“我明白了。这样吧，我重新向你求婚——老师，嫁给我吧。好了，请你给我一个答复吧！”

“这也太胡来了。简直就是破罐破摔嘛。”

“我是认真的。我认真地向你求婚。”新藤挺直了身子。

“那我也认真地回答你。”忍的表情也严肃起来，“请让我再考虑考虑。你问我需要考虑多久，我也不知如何回答，但我需要一些时间。”

新藤一脸沮丧地挠了挠头。“还要考虑什么呢？啊，难道你把本间那个笨蛋和我一起放在天平上考量吗？”

忍不禁笑了出来。“我没有和本间先生结婚的打算，他只是个不错的朋友。我觉得会有更适合他的人出现。”

“那你还要考虑什么？”

“要考虑的事情有很多啊。”忍莞尔一笑，“新藤先生，如果我讨厌你，现在就会立刻拒绝你。但是我并不讨厌你。我很迷茫，需要好好考虑。”

“你简直是在活活折磨我。不过，你的意思是，我是有希望的，对吧？”

“老实说，我想这正是我考虑的地方。”忍干脆地说道，“你是个很好的人，我爸妈也很喜欢你。”

“哎，是吗？”新藤的眼中露出喜悦。

“我妈说，干刑警这一行虽然很危险，但你不是那种把自己置于危险之中的人。而且这工作好歹是个铁饭碗，即便你一辈子都是普通警员，只要挨到退休，就可以领一笔可观的养老金。”

“阿姨到底是在夸我还是在损我啊？”

“我也觉得如果嫁给你，一定会笑呵呵地活一辈子。”

“既然如此……”

“可是，”忍说，“说实话，我目前还没有心情考虑结婚的事。我最近刚回到工作岗位，满脑子都是工作的事。”

“这个我理解。”新藤垂着眉毛，看起来可怜兮兮的。

“如果我现在和你结婚，我大概什么家务都不会做。无法为你准备晚餐，也无法为你洗干净衬衫，无法尽到妻子的职责。这样的婚姻是不会顺利的，只会给双方带来不幸。”

“这一点我有办法解决。我来做晚餐就行。”新藤拍了拍胸脯。

忍苦笑起来。“你还真敢说啊。不要忘了，案件随时都会发生。你说的那种状态是绝对无法长期持续的。双职工家庭必须严肃认真地考虑这个问题。”

新藤长长地叹了一口气。“你希望多给你些时间，对吗？好吧，就按你说的办。”

“你能理解我，我很开心。”忍连忙点头。

“总觉得又被你糊弄过去了。”新藤挠了挠前额，“话说回来，工作很辛苦吗？”

“与其说辛苦，不如说是时隔许久重回讲台，找不到过去当老师的那种感觉了。”

“在教育孩子这件事上，你可是有着丰富经验的老师，怎么说出这么没自信的话呀？”

“我还差得远呢。”忍摇了摇头，这周刚见到的新学生的面庞浮现在脑海中。

他们都很优秀，但有时候也很令人烦心。接手四年级二班一个星期后，忍得出这样的结论。

上课铃一响，不用忍大声训斥，学生便都已在座位上坐好，这是他们优秀的方面之一。此外，他们还会认真打扫卫生，这一点也让忍很满意，她之前所在的大路小学和这里简直没法比。大路小学有时候打扫后比打扫前还要脏。

不愧是在教育方面要求严格的文福小学，忍不禁感到佩服。

至于令人烦心的地方——

比如在上语文课的时候。

“这一页哪位同学来读一下？嗯……上原同学。”

然而，上原美奈子直接拒绝。“哎，今天是九号，不是应该让学号是九号的人来读吗？”她随口胡诌。

“为什么？”

“因为山下老师以前就是这样做的。大家说对不对？”

“是啊，是啊。”周围的同学附和道。

问题就在这里。无论忍做什么，他们都会发牢骚，说山下老师这样，山下老师那样。山下老师是他们三年级时的班主任。在文福小学，入学、三年级、五年级时会分班，一般情况下，一名教师会在不分班的两年里连续担任同一个班级的班主任。像忍这样直接接手四年级的班级，并没有先例。

“山下老师是你们三年级时的班主任。”忍大声说道，“从四年级开始，由我竹内老师来担任你们的班主任。所以，你们要按照我的方法做，知道了吗？”

“知道了——”孩子们这样回答，看起来是接受了，可一旦遇到什么事情，还是会有人提起山下老师。

唉，这可就麻烦了。忍垂头丧气。

不过，忍在忌妒非常受欢迎的山下老师的同时，也由衷地佩服他。从孩子们提到他时的表情就能知道，他深得他们的喜爱。

这么受欢迎的老师，为什么突然调走了呢？忍感到有些不可思议。

“老师，你果然还是应该要个孩子吧？”

说话声将忍从回忆拉回了现实。“孩子？”忍没听懂新藤的话，看着他。

新藤咧嘴一笑。“就是有个自己的孩子啊。因为你没有养育孩子的经验，所以才无法了解孩子的内心。”

“所以，我就要为此接受你的求婚？太可笑了，我可从没听说过这种事。”

“还是不行吗？”

新藤拿起账单，忍也站起身。他们接下来要去看电影。

3

与新藤约会后第二周的星期二，忍得知了山下老师突然调走的原因。这天上体育课时，忍让学生练习跳跳箱。班上最飞扬跋扈的上原美奈子举起了手。

“老师你不可以让我们练习跳跳箱。”

“为什么不可以？这也是山下老师说的？”

“不是，学校禁止跳跳箱。”

“哎？怎么可能会有这种奇怪的规定？”

“是真的，大家说对不对？”美奈子和往常一样，征求同学们的同意。

忍把孩子们留在教室，前往办公室。教导主任正边喝茶边看报，他虽然上了年纪，头发却仍然浓密。

“啊，你问这个啊。”面对忍的提问，教导主任不紧不慢地答道，“我忘记告诉你了。确实，学校目前禁止跳跳箱。”

“为什么？不让学生跳跳箱的体育课，我可从没听说过。”

“你的话没错，但之前发生了事故，所以这也是没办法的事。”

“事故？”

“嗯，是去年的事了。”

教导主任将事情的始末告诉了忍。去年年底，上一任班主任山下老师为了让全班的孩子都学会跳跳箱，每天都带他们进行特别训练。如果不会跳，就要在放学后留下，到校园的角落练习。大多数孩子都学会了，只有涩谷淳一因为太胖，一直跳不过去。

在一次放学后的单独练习中，跳箱倒了，弄伤了他的脚。

“涩谷？啊……”那个动作迟钝的孩子啊——忍正想这么说，话到了嘴边，又咽了回去。

“虽然那孩子伤得并不重，但这件事很难办。涩谷的母亲是PTA的负责人，家长中就属她最啰唆。她跑到学校，大声斥责，要求马上开除山下老师。”

“山下老师就因为这个被调走了？”

“是的。”教导主任点点头，“糟糕的是，涩谷的伯父是市议员，学校实在难以拒绝涩谷母亲的要求。不过，学校让山下老师干到三月底才走。”

这件事让忍心里很不是滋味。一想到能来这所学校教书是因为山下老师被调走，心情就变得复杂起来。

“山下老师不太走运，不过他也有一定责任。再怎么说，也不能让孩子单独练习跳跳箱。”

“可是，跳箱怎么会那么容易倒呢？”

“确实很奇怪，不过凡事都有意外啊。”教导主任长叹一声后，用乐观的口吻说，“虽说禁止跳跳箱，也只是暂时的。等这一阵过去了，就能恢复了。”

最终，这天的体育课只做了垫上运动。事故的主角涩谷淳一的确很迟钝，连一个前滚翻也做不好，更别说跳箱了，忍心想。

相比之下，芹泽勤的表现出色得令人惊讶。看着四肢修长的他侧翻的姿势，忍不禁想为他鼓掌。

“真棒啊。是谁教你的？”忍问芹泽勤。

芹泽勤只是目光锐利地看了看忍，便把头转向了一边，什么也没说。他好像不怎么喜欢忍。

体育课结束后，忍收拾完垫子，检查了跳箱。跳箱很新，也很牢固，只要放好，无论孩子们多么用力，应该都不会倒才对。

真奇怪啊，忍心想。

这天放学后，发生了一个小小的意外。说“意外”或许有些夸张了，不过的确令忍有些在意。

忍去教室检查值日生打扫的情况。从玻璃窗往里看时，发现芹泽勤在用扫把打涩谷淳一的屁股。他们并不是在打架，涩谷淳一没有抵抗，默默地扫着地。芹泽勤一声不吭，一个劲儿地打涩谷淳一的屁股，偶尔还会打他的头。即便如此，涩谷淳一仍沉默不语，只是一副要哭的表情。其他学生则视若无睹，似乎对此司空见惯。

忍打开教室的门。芹泽勤立即动作灵敏地从涩谷淳一身旁走开了。涩谷淳一瞥了忍一眼，又继续扫起地来。忍虽然觉得不对劲，但并未说什么。

第二天课间休息时，忍朝上原美奈子招了招手，把她叫到身边。

美奈子平时盛气凌人，而且早熟，但也是最先接近忍的孩子。美奈子经常向忍问这问那，说明她还是对忍很感兴趣的。不过，她问的问题都让忍难以应对——老师，你有男朋友吗？你被人搭讪过吗？你胸围多少？你穿塑身内衣吗？总而言之，美奈子是一个聪明的女孩子，消息也很灵通，告诉了忍很多事情。一班的中畑老师是巨人队的球迷，三班的挂布老师是阪神队的球迷，当他们俩在走廊上相遇时，能听到噼啪的火花声——这也是美奈子告诉忍的。

忍将希望寄托于这个小万事通，试着打听芹泽勤和涩谷淳一的事。

“啊，那个啊。”美奈子皱紧了眉头，果然知情，“那是钝涩不好。”

“钝涩？”

“就是涩谷啊。迟钝的涩谷，所以叫钝涩。也可以叫他涩啬——明明家里很有钱，却是个吝啬鬼。”

这绰号真伤人。忍同情起涩谷淳一来。“为什么说是涩谷不好？”

“都是因为他，山下老师才被开除的。明明是他太迟钝才受的伤，却怪罪于老师。我们都很讨厌他。”

原来是这样，忍终于明白了。

“在我们之中，最讨厌钝涩的就是芹泽了，因为芹泽最尊敬山下老师。”

“啊，是吗？”听到美奈子突然蹦出“尊敬”一词，忍有些不知所措，“但不管怎么说，也不能欺负同学啊。”

“嗯，我知道。”美奈子说，“我们都只是不搭理钝涩，只有芹泽一直欺负他。”

“你可以劝劝芹泽嘛。”

“我？如果我这样做，会被大家嘲笑，说我喜欢上了钝涩，那我还不如去死。如果是和芹泽传绯闻，我还可以接受。”

“芹泽确实长得帅。”

“就是就是——啊，不行，是我先看上他的，你可不许对他出手。”

现在的小学四年级学生，脑袋里到底都装着些什么啊。

后来忍特别留心观察，发现芹泽勤经常欺负涩谷淳一，实在令她看不下去。忍两次在课堂上看到芹泽勤向涩谷淳一的后脑勺丢纸团，她因此警告了芹泽勤。还有一次，忍在课间休息时，看到涩谷淳一背后贴着写有“请揍我”的纸条，于是孩子们都跑到他身后殴打他。不用说，贴纸条的当然是芹泽勤。

这样下去可不行，忍心想。可是她很犹豫，不知该不该直接找当事人谈话。

4

四月即将结束，忍决定召开一次家长会。她考虑这件事很长一段时间了。孩子在四年级换了老师，家长肯定放心不下。

家长会的出席率很高，家长们果然很在意这件事。不过，在和几位家长谈话时，忍发现他们最关心的是“我的孩子交给女老师真的没问题吗”。有的家长拐弯抹角地表达了内心的不安，有的家长则直截了当地说“我不放心”。

忍越听越生气。女老师哪里不好了？女人可比男人更加严厉，只怕你们的熊孩子扛不住。做好心理准备吧！怒火在忍的心中熊熊燃烧，可这些话当然不能说出口。她笑眯眯地招待着家长们，耐心地说明自己的教育方针。

第十位家长正好是涩谷淳一的母亲。看到她的容貌，忍差点叫出声来，因为她就像是从藤子不二雄[①]的漫画里走出来的人物一般，看起来是典型的热衷教育的妈妈。

“我的孩子喜欢深入思考，算数和理科什么的都很擅长，但这也只是相对来说的，其实他的语文和社会也学得很好。那个孩子，

---

①漫画家藤本弘和安孙子素雄的组合名，在其代表作《哆啦A梦》中，主人公的母亲近视严重，总是戴着大大的眼镜，对儿子管教十分严厉。

怎么说呢，他二年级时的班主任说他智力测验的分数很高。”她呵呵笑了起来，轻轻推了推三角形的眼镜。

“啊，这样啊。”忍只能诚惶诚恐地回应。

“我听说这次的班主任是位女老师，真是松了口气。我想竹内老师你也听说了那件事。之前的老师太胡来了，居然让我的孩子受伤。我们家淳一感兴趣的是读书、绘画这种高雅的艺术。把他交给竹内老师你这样美丽的女老师，我终于可以安心了。”

“不不不，您过奖了，呵呵。”忍立即将桌下大开的双腿并拢，“请问，涩谷同学在家时会经常说起学校的事吗？”忍切入正题。

涩谷淳一的母亲用力点了点头。“嗯，经常提起，比如学校举办了什么活动，老师教了些什么。”

“有关朋友的呢？”

“也有，比如山本同学忘了带作业被老师批评。”

“这样啊。”

涩谷淳一在学校受到同学的冷遇，所以他根本不会向家长提起和朋友玩耍的事，而且也隐瞒了被芹泽勤欺负的事，这并不奇怪，如果被同学知道他向家长告状，恐怕他会被欺负得更厉害。

之后，忍和涩谷淳一的母亲又随便聊了几句，结束了谈话。这个母亲对孩子在学校的情况一无所知，得意扬扬地离开了。中年女人的香水味还残留在屋里，久久未能散去。

忍又和其他几位家长谈过后，轮到了芹泽勤的母亲。这位母亲与涩谷淳一的母亲形成了鲜明的对比。她看起来很年轻，乍一看和忍年纪差不多，干练而优雅。

在闲聊过程中，忍了解了芹泽勤母亲的情况。她在一家保险公司跑外勤，今天是从公司直接来到这里的，腋下还夹着装有公司小册子的黄色提包。她的丈夫是设计师，在家中办公。他离开公司单干，于是全家搬到了现在的房子。芹泽勤是二年级结束时转到这所学校的。

就这样聊了一阵子后，忍慢慢将话题拉到了核心。“芹泽同学好像很喜欢三年级时的班主任山下老师。”

“啊……嗯，好像是这样。”她有些吞吞吐吐。

“山下老师调走后，芹泽同学应该很受打击吧？他在家时有没有显得很沮丧？”

“我没太注意……我几乎不在家，我可以去问问我丈夫。”

看来芹泽勤还是跟在家工作的父亲沟通更多。

“请问……”她又开口道，“那孩子是不是在学校惹事了？”

忍一时间不知该如何回答她，犹豫了一下，还是趁这个机会把芹泽勤欺负涩谷淳一的事告诉了她。

芹泽勤的母亲那对漂亮的眉毛皱了起来。“那孩子居然做这种事……我知道了，今晚我会好好教训他的。”

“请不要这样，我会很为难的。”忍慌忙说，“如果孩子知道老师和家长串通一气，就不会向我们敞开心扉了。我只是想让您了解一下目前的情况，继续关注这件事情就好。”

“可是，这样放任不管，涩谷同学也太可怜了……”

“我会想办法的。我会负起责任，解决这个问题，还请您再等一等。”

“我明白了。那就听老师您的，交给您来处理。”

“对了，”忍说，“说到山下老师，他真受欢迎啊。没有一个孩子说他不好。”

“是吗？”芹泽勤的母亲歪着头，淡淡一笑，“我想，只是因为他是个年轻的男老师，孩子们对他有所憧憬吧。”

“我想也是。”忍表示同意。

在芹泽勤的母亲之后，是上原美奈子的母亲。她一坐到椅子上，便压低声音说道：“我前面的那位家长，就是芹泽同学的妈妈吧？真少见啊，平时都是他爸爸来的。”

“是吗？”

“嗯。他爸爸不是设计师吗？穿衣服很有品位，也没有啤酒肚，是个大帅哥呢！”她说话时两眼放光。

有其母必有其女，忍终于觉得这句话很有道理。

5

家长会的四天后，忍见到了山下老师。忍不是特地去和他见面，而是因为教育指导研究会的关系，去了他任教的小学。两人在学校里打了招呼，并相约放学后在附近的咖啡店见面。

山下个子不高，但肩很宽，看起来十分健壮，还留着运动员常有的发型，因此很像运动员。

听到忍这样的评价，山下笑着露出洁白的牙齿，说：“和做运动员的时候相比，已经没多少肌肉了。”

“你以前从事什么运动？”

“体操。从初中到大学一直都是。”

山下穿着西装，但仍能感受到他那饱满的肌肉。忍心想，不愧是练过体操的人。

“别看我现在这样，其实我还上过报纸呢。我在全国高中运动会上拿过第三名，不过只上了大阪的地方新闻一栏。”

“哎？好厉害。”

“都是过去的事了。”山下说完哈哈大笑起来。

“正因为有这些经验，你才那么爱教孩子们器械体操吧？”

听了忍的话，山下的眼里蒙上一层阴影。“原来你已经知道跳箱的事了。”

“不，我不是讽刺你，请别生气。”忍慌忙摆手。

“我没有生气，那确实是我的疏忽。让孩子们练习器械体操时，我本应在旁边保护他们的，但时间一长就大意了。我深刻地反省过了。”山下沮丧地垂下了头。

“不过，多亏了你，二班的学生几乎都很擅长体操。”

忍的话让山下的脸上又重现光彩。“是吧？那帮孩子刚升上三年级时，一大半连腹部绕杠都不会，经过努力锻炼后，总算学会了。对孩子们来说，学会了一直认为无法学会的东西，可以增强他们的自信心。他们在那一年成长了许多。”他刚说完，又露出了懊悔的表情，“对于那起事故，我真的很抱歉。比起被调走，我更难过的是，体操给孩子留下了危险的印象。”然后，他又嘟囔了一句，“我至今想不明白，为什么那个跳箱会那样倒下来……”

“是啊，”忍探出身子，“我也做了调查，但还是想不明白。教导主任说，凡事都有意外。”

“意外吗……”山下将双臂环抱在胸前。

接下来，忍将涩谷淳一和芹泽勤的事情告诉了山下。

山下渐渐忧愁起来，眉头紧皱。“芹泽欺负涩谷……唉，真是不让人省心的孩子啊。明明是我的错。”

“芹泽同学好像特别喜欢山下老师你呢。”

“啊，确实是，我也不知道究竟是为什么。他的运动神经很出色，所以我也特别热心地教他体操。”说到这个，山下喜上眉梢，但随即又绷紧了脸，“不过，欺负同学是绝对不可以的。竹内老师，看来我甩给了你一个沉重的包袱啊。接下来全靠你了，拜托了。”说完，他低下头，向忍鞠了一躬。

忍给山下打了很高的分数。因为在这种情况下，通常大多数人会说：“那我出面提醒他一下。”然而这种做法并不恰当，等于是把现任班主任看成了傻瓜。山下的话看似是不想负责任，其实是把事情全权交给对方，是对对方的一种尊重。

“也许我还会来找你商量的，到时候就拜托了。”忍也谦虚地回答道。

“欢迎随时找我。话说回来，老师你年纪轻轻，却如此优秀，听说还去了大学进修深造。女性在社会上会越来越活跃的，请你一定要加油。”

“谢谢。”

“抱歉，我想问个失礼的问题，你结婚了吗？”

“没有。”

“是吗？不过，我想你早晚有一天会结婚的。可即使结了婚，也请你不要放弃工作。如果因为结婚而失去了自己的光芒，那就真的得不偿失了。”

“我会记住你的话的。山下老师，你很理解女性呢。”

“哎？没有啦。”他挠了挠头，“我也是走了很多弯路才明白这些的。”说完，他抬起了头，似乎在凝望远方。

6

与山下见面的第二天，忍约芹泽勤在学校谈话。为了不让其他学生看到，忍把他叫到了办公室。

芹泽勤冷漠地将脸转向一边，那态度像是在说，我可不承认你是我的班主任。

“你好像很讨厌涩谷同学。”忍说道。

芹泽勤转过头来，以锐利的目光直视着忍。“是钝涩告诉你的？”

“不是，我是从其他同学那儿听说的。我也好几次亲眼见到你欺负他。”

芹泽勤冷笑了一声，又把头转了过去。“是他的错。”

“是吗？涩谷同学因为跳箱受了伤，也吃了不少苦头呢。”

“谁叫他连跳箱都不会。”

“是吗？可涩谷同学的数学比你好吧？如果他跟你说，这么简单的题你都做不出来，你不会生气吗？”

“数学是功课。”

“跳箱也是功课啊。每个人都有擅长的事和不擅长的事。”忍微笑着说。

芹泽勤低下头，看起来有些懊悔，但很快又抬起头，露出敌对的眼神。“那家伙是故意受伤的。”

“故意？”

“对，因为他讨厌跳箱，所以故意受伤来逃避练习。”

“他会做这种事吗？”

“是老师你不知道而已，那家伙可会耍这种手段了。运动会赛跑时，他害怕丢人，故意摔倒。练习跳跳箱的时候，他也故意弄坏跳箱，这样就不用再练习了。一定是这样。就因为他，山下老师被开除了……钝涩的爸妈也特别讨厌。”

忍叹了口气。“你还是觉得山下老师比较好吧？”

“山下老师很爱护我们，是我们的朋友。”

“我也很爱护你们，也是你们的朋友。”

“不，我不会相信其他老师！”芹泽勤说完这句话，迅速转过身，离开了办公室。

“哎呀，看来病得不轻啊。”忍嘟囔道。

接着，忍找来涩谷淳一，向他了解情况。忍不相信芹泽勤的说法。对于那次跳箱事故，忍一直耿耿于怀。

只是被叫到办公室，涩谷淳一就战战兢兢的。他脸颊通红，汗水顺着太阳穴流了下来。为了缓解他紧张的情绪，忍微笑着说只是想了解一下他练习跳跳箱时受伤的事。

涩谷淳一一听到这话，瞬间紧张起来。“我、我什么也不知道。我当时只是在练习跳、跳箱。”他直摇头。

“我知道，可是我希望你可以把那时的情况说得再详细些。你在练习跳跳箱时，附近有人吗？”

“没有，只有我一个人。”

“一直都是一个人吗？”

涩谷淳一向上看了一眼，点了点头，作为回答。

“那天你练习了几次？”

“嗯……一二十次吧。”

“那么就是在某一次练习时，跳箱突然倒了？”

涩谷淳一默默地点了点头。

“跳箱是怎么倒的？有没有感觉到哪里松动了或者损坏了？”

“嗯，我觉得是……偏了。”

“偏了？”

“跳箱的某一层好像放偏了。手碰到跳箱时，我感觉跳箱晃动了。”

“原来是这么回事。”

难怪涩谷淳一刚跳上去，跳箱就倒了，让他受了伤。涩谷淳一虽然运动神经迟钝，但观察力很敏锐。

“可是，在那次练习之前，一切都很正常吧？跳箱也没有晃动，对吗？”

“对。”

“好奇怪啊。”忍抱起胳膊嘟囔道，“你一直在那里练习，没有离开过跳箱吧？”

“嗯。”涩谷淳一回答，“啊！”他紧接着喊了一声。

“怎么了？想起什么了吗？”忍追问道。

涩谷淳一有点忸怩。“那个……我去了一趟厕所。”

“厕所？”

“我去厕所小便了，回来又跳了一次……”

“结果跳箱倒了？”

涩谷淳一点了点头。

“嗯……”忍沉吟起来。虽然她觉得不可能，但一种猜想还是浮现在了脑海中。可是，到底是谁、为什么要那么做呢？“我想再确认一遍，当时周围真的没有别人吗？”

“嗯。”

“真的吗？会不会在某处看着你？”

“啊……”涩谷淳一脸上突然浮现出不安的神情。

这天，忍一回到家，就听到里屋传来笑声。她吓了一跳，来到厨房，发现母亲妙子和新藤正面对面地坐在餐桌旁。桌上摆着两个已经空了的啤酒瓶，还有一瓶也喝了差不多一半，下酒菜是章鱼烧。

“啊，回来啦。”妙子不紧不慢地说，“吃章鱼烧吗？”

“打扰啦。”新藤满脸通红，点了点头。

“喂，这是怎么回事？”

“我在心斋桥遇到了新藤先生，打算一起去喝点什么，但咖啡太贵了，还不如来家里喝啤酒，就把他领回来了。你快去换衣服，章鱼烧要凉了。”妙子说话就像开机关枪一般。

“真是胡来，晚饭前喝这么多酒。”

“别这么严肃嘛。今天你爸爸会晚点回来，我们就做点茶泡饭随便吃吃吧。啊，新藤先生太幽默了，刑警的工作也不错嘛。”妙子非常高兴。她好久没喝得这么痛快了，而且还有人陪她喝。忍的父亲不会喝酒。

“哪里哪里，阿姨也很幽默。特别是讲到忍小姐小时候的事，简直笑死我了。”

听了新藤的话，忍瞪了妙子一眼。“妈，你是不是又说了什么不该说的话？”

“没有啊，我说的全都是事实。”妙子说完，咕嘟咕嘟地喝着啤酒，“我只是说了你小学时的那件事，就是你在讨厌的老师的拖鞋里放狗屎。”

“啊！那件事我说过不许告诉任何人的！”

“还真有这事啊。”新藤笑得前仰后合。

“不是！我是被朋友怂恿的——”

“还有呢，在消防演习的时候，她在演习过程中拿着烟花点火，吓得班主任从楼梯上滚了下去。”

“啧，我都忘了，那么久以前的事了。”忍夺过妙子的杯子，将剩下的酒一饮而尽，“没啤酒了吗？”

“有啊，有啊。”妙子打开冰箱，取出两瓶啤酒——她到底买了多少酒啊。

“原来你小时候讨厌老师啊。”新藤将花生扔进口中。

“这你都知道了？”

“真意外。讨厌老师的人，居然成了老师。”

“这孩子经常说，如果是她做老师，一定会做得更认真、更出色。”

“喂，妈，不要再说些不该说的话啦。”

“原来如此。”新藤佩服地点点头，“所以才当了老师啊。忍小姐没有违背她的话，学生们很喜欢她。真了不起啊。”

“不行，我还差得远呢。”一瞬间，芹泽勤的脸掠过忍的脑海，接着是涩谷淳一的圆脸，“哎，妈妈——”忍看向妙子。

“干吗突然这么严肃？”妙子跟着紧张起来。

“如果孩子特别崇拜班主任，身为父母，会怎么想？”

“你的问题真奇怪。孩子崇拜老师不是挺好的嘛。”

“有没有这种情况——因为孩子过于崇拜老师，父母吃醋或感到忌妒？”

“吃醋？这是什么傻话。”妙子夸张地皱起眉，“世上怎么会有吃老师醋的父母啊？你总说这种让人摸不着头脑的话。新藤先生说得对，你还是快点结婚，生两三个孩子吧！”

“啊?！”忍惊讶地看着新藤，“你说了那件事？”

新藤害羞地用手挠了挠头。“是的，嘿嘿。”

“我这个当妈的同意了。不管怎么说，公务员不受经济不景气的影响。”

“是吧是吧，来来来，请您再喝一杯。”

“不行，我已经喝不下了。”妙子说着，却将杯子递给了新藤。

啧，真无聊。忍离开厨房，身后传来妙子大声说话的声音。

“真是的，那孩子一天不嫁出去，就没法安心。小女不良，以后就拜托你啦。”

“什么‘不良’啊？是‘不才’吧！”忍大声喊道。

7

学校有专门的阅读时间，让孩子们在图书室读自己喜欢的书。

文福小学的图书室很大，藏书量和市里的图书馆差不多。单看童书的藏书量，甚至胜过市里的图书馆。

“老师，这是什么？”上原美奈子指着报纸的缩印本问。

忍很惊讶，没想到图书室连这个都有。“这个呀，是将以前的报纸缩小，然后装订到一起得到的东西。你看，这样就可以知道当时发生了什么。”忍说着翻看起来。

“这样啊。”美奈子对新闻报道毫无兴趣，而是指着当时的明星拍的广告，哈哈大笑起来，“这是什么啊，好土气的衣服。”

忍一看，那衣服和她高中时穿的差不多。

看到缩印本上印的年份时，忍想起了前几天和山下见面时，他说曾上过报纸。虽然忍不知道山下的年龄，不过推测应该是十几年前的事。

忍抽出几本报纸的缩印本，以“全国高中运动会”为线索查找，没费多大工夫便找到了。那篇报道刊登在十七年前的报纸上，如山下所说，在地方新闻一栏。

学业和体育齐头并进　全国高中运动会第三名　阪奈高中体操部三年级　山下博夫

那篇报道的标题是这样的。报道的内容无非是山下全力以赴，一边复习考试，一边参加体操部的活动，并取得了好成绩。文字旁边有一张山下年轻时的照片，上面的山下笑得很灿烂。

看到这张照片，忍产生了一种奇妙的感觉。她觉得哪里有些不对劲，又说不上来。她再一次仔细地看了看照片，恍然大悟。她抬起头，环视图书室。

她倒吸了一口凉气。

8

“在您百忙之中打扰，实在抱歉。”忍低头致歉。咖啡店很空，旁边的桌子没有客人。由于要谈的是比较私密的事，这样的环境更好。

“没关系……是勤又闯祸了吗？”芹泽勤的母亲一脸担心。忍调查后得知，她的名字叫育子。

“嗯，和芹泽同学有些关系。”忍看着育子的眼睛，“我想找山下老师来一起谈谈这件事，可以吗？”

育子明显地现出了狼狈的神情。“要谈什么呢？”

“关于芹泽同学的各种事。”

“为什么要和山下老师一起？现在的班主任不是竹内老师您吗？和山下老师有什么关系？”

“确实，芹泽同学现在的班主任是我。可是，他的父亲是山下老师。”

育子张着嘴说不出话来，想要起身。

忍一把抓住了她的手。“我什么都没和山下老师说。但是，如果您现在逃跑，我就不得不去找山下老师了，这样也没关系吗？”

听了忍的话，育子浑身瘫软，跌坐在椅子上，看起来精神恍惚。忍决定先等她平复下来。

服务员端来点好的两杯咖啡。忍将牛奶加进咖啡里面，喝了一口。

“老师，您是怎么知道的？”过了一会儿，育子问道。她的声音很平静。

“我看到了这个。”忍拿出一张报纸的复印件，是从缩印本上复印下来的。

育子看过后，露出一丝惊讶的神情。

“是不是很像？”忍说，“我一看到这张照片，就觉得好像在哪里见过这张脸，接着很快就想到了——这不是跟芹泽同学很像吗？”

“仅凭这个？”

“当然不是。我看到这张照片时，觉得不可思议，但并不能凭这一点就下定论。我又看了芹泽同学的转学档案，得知他现在的父亲和您是在两年前结婚的，于是一下子有了很多猜想。我做了一件很冒昧的事情，就是给您丈夫打了个电话。我问他知不知道芹泽同学的亲生父亲是谁，他表示并不知情，打算等您告诉他。您去年没有参加过一次家长会吧？我想那不是因为工作的关系，而是因为您不想和山下老师碰面，对吗？”

育子一脸沉痛地听着忍的话。不久，她叹了口气，说道：“当初让勤转学，我做梦也没有想到，那个人居然也在那所学校。勤上三年级后，有一次带回了班级的照片，我看到照片时吓得心跳都要停了。我甚至不需要问勤那个人是不是叫山下博夫。毫无疑问，就是他。”

“你们结过婚吗？”

“没有，但有过婚约。可是，在差不多要把婚礼日期定下来的时候，我们之间出现了分歧。那个人说，希望我辞掉工作，在家专心当家庭主妇。我并不赞同。因为是女人，就要被关在笼子里吗？这也太奇怪了吧？可他说，在外工作和照顾孩子是无法兼顾的。最后我们也没能达成共识，就分手了。”育子抿了一口咖啡，又叹了口气，嘴角浮上一丝冷笑，“讽刺的是，分手后我发现自己怀孕了。我不顾父母的反对，决定生下孩子。我要证明，我一个人也可以一边工作，一边抚养孩子。我并没有结婚的打算。”

“可是，最终您还是结婚了。”

“是啊，因为我丈夫是个很好的人。他知道我带着个孩子，但还是向我求婚了，并给了勤比亲生父亲还要多的爱。我觉得世上再也没有比他更好的人了。”

“我明白。”忍点了点头。正因为他爱芹泽勤，才会积极地参加大多数父亲都不喜欢去的家长会。

“正因如此，我才不愿和山下有不必要的碰面，否则他一定会察觉到勤是他的孩子。如果勤知道了一切，我就无法面对我丈夫了。我想，在勤毕业之前，无论如何要一直隐瞒下去。”

“毕业之前……但是情况有变，对吧？”

忍的话让育子睁大了双眼。

“情况有变，对吧？”忍重复了一遍，“所以，您必须想办法让山下老师调走。”

育子咬着嘴唇，目不转睛地看着忍。

“我听涩谷同学说了他受伤时的详细情况，意识到那起事故或许和芹泽同学有关。不过，当时我并不知道其中的原因，还以为是芹泽同学太喜欢山下老师，让您心生忌妒。如果山下老师是芹泽同学的亲生父亲，一切就说得通了。”

“涩谷同学……看到什么了吗？”

“对，他看到了。”忍干脆地说道，“在事故发生前，涩谷同学去了厕所，在去之前，他发现后门边有个女人在看着他。虽然他记不清那个女人的长相了，但记住了一个特征。他说，那个女人拿着一个黄色的方形提包。”

“啊……”育子瞥了一眼旁边的椅子。椅子上放着她工作时携带的黄色方形提包。

育子点了第二杯咖啡后，开始慢慢讲述事情的始末。

“我也不知道为什么勤会那么崇拜山下。勤不可能知道山下是他的亲生父亲。也许那孩子感到了父亲的气息，是一种本能吧。不过，也可能只是因为山下具有让那孩子崇拜的因素罢了。无论因为什么，看到勤那么喜欢山下，我就坐立不安。对于用心爱着勤的丈夫，我感到很愧疚。”

“于是您想让山下老师调走？”

育子点点头。“然而，我想不到什么好办法。这时，勤告诉了我一件有趣的事情。他说，山下在教学生器械体操，做不好的学生放学后要留下来继续练习。我注意到，涩谷同学每次都会留下来。那孩子的母亲是PTA里最啰唆的家长，而且对儿子十分溺爱。如果涩谷同学在留下来练习时发生了什么意外的话，山下就无法留在学校了。”

“所以，那天您就去了学校……”

“其实，我离开家时，还没有具体的计划。那天刚好在学校附近有工作，就决定顺道去看看情况。如我所料，涩谷同学在独自练习跳跳箱，他晃晃悠悠的，没什么干劲。因为他正好对着我的方向，我就躲起来偷偷观察。后来我看见他去了厕所，于是走了过去，把跳箱最上面的那一层稍微挪动了一点。我不确定这样就可以造成事故，但实在没法什么都不做。”

“结果，事故正如你所计划的那样发生了。”

“顺利得简直令我感到害怕。勤终于不会再见到山下了，我放下心来。可事情哪有那么简单，虽然我把那个人撵走了，但他依然在勤的心里。我才惊觉，孩子的心原来是那么敏感。”育子的肩膀放松下来，“这就是事情的全部。”

“谢谢您告诉我这些。”忍向她道谢。

“老师，拜托了，请不要把这件事告诉任何人，就这样一直埋藏在心里吧。我知道我对涩谷同学做了很过分的事，但我想用其他方式向他道歉，所以……”育子低下了头，很快说不出话来。

“请您抬起头。别的客人看到了，会觉得很奇怪的。”

“可是……”

“请您放心，我绝对不会告诉任何人。”

“真的吗？”

“嗯。接下来的事就交给我吧。”忍斩钉截铁地说道。

9

“信？让我写信？”山下又确认了一次。

在山下任教的小学的会客室，忍和山下面对面坐着。

“是的，麻烦你了。”忍说道。

“麻烦倒不会。是写给涩谷和芹泽吗？”

“不，只要写一封给全班学生的信就好，否则对其他孩子不公平。”

“确实。”山下点点头，表示认同，“我要写些什么呢？告诉大家不要欺负涩谷吗？”

“不，这个问题让孩子们自己解决比较好。我也会帮助他们的。”

“我明白了。”他点头表示同意，“那么我要在信里写什么呢？”

“写一些日常的内容就好，比如你现在和怎样的学生在一起，怎样度过每一天。实事求是就好。”

“我明白了。”山下从上衣口袋里掏出笔记本，记了下来。

把山下的信拿给孩子们看，告诉他们山下已经不是他们的老师了——忍并非抱着这种狭隘的想法。她这样做，是想让孩子们明白，不是只有他们需要山下老师，其他孩子同样需要他。

“你真是很辛苦啊。”山下合上笔记本，说道。一张照片从笔记本中掉了出来。

忍捡起照片。“啊，这是……”

那是山下和现在忍班上的几个孩子的合影。照片中，孩子们背着包，像是远足的时候拍的。

“不好，被你看到了。”山下挠了挠头，“离开那所学校后，我想要振作起来，但无论如何就是舍不得丢掉这张照片。我也知道这样不行，回去后我会把它贴到相册里的。”

“我觉得这样挺好的。请好好珍惜这张照片啊。”忍将照片还给了山下。

照片上，山下穿着藏青色毛衣，冲着镜头笑。在他的旁边，芹泽勤穿着相同颜色的运动服，比出 V 形手势。

10

“原来是这样。”听完忍的话，新藤一脸佩服，连连点头，“你真厉害啊。”

“我从这件事里学到了很多。”忍回答。

这是之前新藤向忍求婚的咖啡店。今天是忍约新藤来这里的，她将事情的始末告诉了新藤。

“我重新认识到，教师真不好当，还有很多需要学习的地方。我还差得太远。”

“重新认识到的事，还有一件吧？”新藤说。

“什么？”忍看着他。

“你一定深刻认识到，双职工家庭抚养孩子有多艰难。”

听了新藤的话，忍不由得耸了耸肩。“你的话没错，我想我还不够成熟。”

“所以说，这就是你的答复吗？”

“什么？”

“求婚的答复。你现在还不想结婚吧？”新藤满脸笑容，声音却很沉闷。

忍苦笑着低下了头，然后再次看向他。“请给我一年的时间。”

新藤露出惊讶的表情。“什么意思？”

“我想用一年时间，看看自己能在什么程度上把握住这些学生的心。如果到时候我有了自信——”她没有继续说下去。

“一年吗？”新藤直视着忍的眼。似乎是对自己表现出如此真挚的态度感到不好意思，他又伸了个大大的懒腰，“真是伤脑筋啊。我又要重新练习求婚了。”

“下次可不可以选个稍微浪漫点的场所呢？”

“在道顿堀吃章鱼烧的时候求婚怎么样？”新藤刚说完，传呼机就响了，他慌忙摁掉开关，“这种时候居然有案子！我可是在约会啊。”

“那不是你的工作吗？”

新藤扑哧一声笑了出来。“你说得对，那我先走一步。”他伸出右手。

“注意安全。”忍也伸出了手。他们隔着桌子握了手。

男人的手真是坚实有力啊。

11

虽然看起来慢吞吞的，但涩谷淳一应该已经用尽全力在奔跑了。可是，他还是和之前一样，在踏板前放缓了速度，战战兢兢地踩了上去。这种方式是无法让他胖胖的身体跳得足够高的。果不其然，他一屁股坐在了跳箱上。

“不行——再来。”忍双手环抱在胸前说道。

涩谷淳一眼看就要哭出来了，慢吞吞地回到了助跑的起点。

他们在上体育课。这天，忍拜托了校长，被批准使用跳箱。

“预备——跑！”忍发出口令。

涩谷淳一吭哧吭哧地跑了起来，然后又软绵绵地踩上了踏板。这次他甚至都没跳到跳箱上，大腿内侧撞上了跳箱，露出痛苦的表情。

“再来！”忍冷酷地说道。

涩谷淳一马上就要哭出来了。其他孩子抱着双膝坐在忍的身后。所有人都跳过去了，只剩下涩谷淳一。忍一开始就和大家说好了，只有所有人都跳过去，才能开始下一项运动。

看到涩谷淳一试过十多次后，之前嘲笑他的孩子们都收起了笑容。他们被忍的气势震住了。

涩谷淳一又失败了。这时，一个声音从孩子们中传来。

忍看向孩子们。“什么？大声点。”

“离、离踏板再近些。”一个男孩说道。

“好，”忍抱着胳膊点点头，“你来教教涩谷同学吧。”

男孩迟疑了片刻，忸忸怩怩地走上前，来到涩谷淳一身边指导他。但涩谷淳一还是一副不得要领的样子。又有一个男孩站了起来，两个人一起指导涩谷淳一。

“好，参考这些建议，再挑战一次吧！”忍说。

涩谷淳一跑向跳箱。这次，他比刚才稍稍跳得高了一些，不过离跃过跳箱还有些距离。

“钝涩，你如果不坚定点，是跳不过去的。”上原美奈子忍不住站了起来。她也加入了指导的队伍，把跳箱拍得梆梆响。

接着，其他男孩也不甘示弱似的跑了过来。

“还有手，钝涩，你的手放得太靠前了。”

“不对不对，腿打开的方式也不对。”

“跑法也有问题。”

大家你一言我一语，闹哄哄的，涩谷淳一有些不知所措。

最后，芹泽勤站了起来，走到涩谷淳一身边。

一瞬间，周围安静了。涩谷淳一脸上掠过一丝胆怯。

芹泽勤啪地拍了一下涩谷淳一的屁股。“你的屁股也太重了。”其他孩子不知道芹泽勤是在开玩笑还是在欺负涩谷淳一，都不吭声。芹泽勤继续说道：“把屁股使劲往上抬，这才是诀窍。”

“好。”涩谷淳一点了点头，跑回了起点。与之前相比，他的步伐轻快了很多。

哎呀，这回是真的要开始了。忍松了口气，但还不能完全安心。

战斗才刚刚开始。

后 记

在出道的第二年（一九八六年），我写了这个系列的第一篇小说《忍老师的推理》，距今已有约七年光景了。当时完全没有将那篇小说系列化的打算，交给《小说现代》的编辑时，我给它起的名字是《如果吃了章鱼烧》。

不管怎么说，不久，忍老师这个角色就这么延续了下来。在完成第五篇后，我出版了单行本《浪花少年侦探团》。

其实，在那个时候，我本打算给忍老师系列画上句号的。然而单行本竟然获得好评，读者众多（虽这么说，也只是内部消息），于是决定继续写下去。

这次，我是想真的结束它。结束它的理由有很多，如果要我举出其中最重要的一个，那就是身为作者的我无法停留在这个世界了。在执笔这一系列作品的七年间，故事中的世界也经过了三年的日月。以忍老师为首，登场人物们都有所成长。自然地，身为作者的我也会发生些许变化，而这些变化使我无法再继续写下去。

不过，在创作《再见了，忍老师》这部作品期间，我很快乐。我会想，什么时候能再做一次这样的工作就好了。

东野圭吾
一九九三年十二月三日

图书在版编目(CIP)数据

再见了，忍老师 /（日）东野圭吾著 ；王雪译. --
2019.4

9543-7

东… ②王… Ⅲ. ①长篇小说－日
5

数据核字(2019)第033674号

字：30-2018-102
AYONARA

published by KODANSHA LTD.
plified Chinese character edition arranged with KODANSHA LTD.
EIJING CULTURE LTD. Beijing, China.

司　(0898)66568511
中路51号星华大厦五楼　　邮编　570206
有限公司
8423599　　邮箱　editor@readinglife.com

健

印刷装订有限公司
270毫米　1/32

版　　次　2019年4月第1版
印　　次　2019年4月第1次印刷
书　　号　ISBN 978-7-5442-9543-7
定　　价　45.00元